Georges-Arthur Goldschmidt

Ein Wiederkommen

Erzählung

S. Fischer

Ein Wiederkommen ist 2011 auf Französisch unter dem Titel
L'Esprit de retour bei Éditions du Seuil erschienen.
Georges-Arthur Goldschmidt selbst hat die Erzählung
aus dem Französischen übertragen und
ist zu großen Teilen von dieser Fassung abgewichen.

Der Verlag

© 2011 Georges-Arthur Goldschmidt
© 2012 S. Fischer Verlag GmbH, Frankfurt am Main
Satz: Fotosatz Amann, Aichstetten
Druck und Bindung: CPI – Clausen & Bosse, Leck
Printed in Germany
ISBN 978-3-10-027825-8

Still, meine Finger suchen dich, versteckter.

Paul Celan, *Sommernacht*

Für Marie-Luise Flammersfeld und Egon Ammann
in alter Freundschaft

Inhalt

I Stadtgrau

Das Dröhnen des Zuges wurde jetzt, da man die Berge
hinter sich gelassen hatte, vom Heulen des Windes
übertönt, der von weither vom Ozean gekommen, bis
in die russischen Weiten ziehen würde. In der leicht ge-
wellten Ebene fuhr der Zug durch Felder und Wiesen,
von weit ausholenden Eichen gesäumt, deren Kronen
in der Mondhelle Nachtschatten warfen. Ganz in der
Ferne erriet man Hügelketten, trotz der Dunkelheit ging
der Blick ins Endlose, in unermeßliche Ferne. Es war
sonderbar, so im Abteil mit sieben anderen, völlig unbekannten Menschen, vier zu vier, gegenüberzusitzen.

Die Reisenden hatten das Licht im Abteil ausgemacht, manche schliefen und fielen gegen ihren Nachbarn, der, selbst im Halbschlaf, ihn nicht zurückschob.
Er, Arthur Kellerlicht, gerade achtzehnjährig, mit zur
Hälfte bestandenem Abitur, saß am Gang, natürlich
hätte er gerne am Fenster gesessen, da es doch seine
allererste längere Bahnfahrt durch Frankreich war. Man
war von Sallanches um neun Uhr abends abgefahren
und sollte zehn Stunden später in Paris, Gare de Lyon,

ankommen, dort würde man ihn am nächsten Tag abholen. Ihm gegenüber schlummerte, in sich zusammengesunken, der Baron von Weinbein, der ihn nach Paris begleiten sollte. Im Halbdunkel sah man ihn ungenau, aber Kellerlicht kannte ihn so gut, daß er nicht einmal hinzuschauen brauchte, um ihn zu erkennen, er war der Englischlehrer im Internat, und da sie nur drei Schüler waren, die man auf das Abitur vorbereitete, sah man ihn immer aus nächster Nähe. Da Arthur Kellerlicht links von ihm saß, kannte er jeden Bartstoppel, jede Hautfaser seiner linken Gesichtshälfte, er hatte eine tiefe Stimme und schwarze Haare, die über der Stirn eine gerade Linie bildeten und von der Arthur nicht wegsehen konnte: Wie war es möglich, daß die Haare so genau, jedes für sich, eins neben dem anderen, wuchsen und auf einmal aufhörten, und es von da ab nur noch leicht angefeuchtete, ein wenig fettige, glatte Haut gab, mit unzähligen Poren und hie und da schwarzen Punkten, die die Stirn überzogen. Es gab so viel in einem Gesicht zu sehen, das von sich selbst nicht wußte, wie es aussah.

Herr von Weinbein rauchte Pfeife, und an ihm hing immer ein leiser bräunlicher Geruch, er trug dickes, aber, wie jeder zu dieser Zeit, zerschlissenes Tuch.

Im Internat war er Englischlehrer gewesen, als Nachfolger des Herrn Baron von Frankenstein, der sofort nach dem Anschluß Österreichs an Hitlerdeutschland sein Schloß und seine Pferde zurückgelassen hatte und nach Frankreich ins Exil gegangen war. Sehr rasch hatte er in Florimontane, dem Internat, eine Anstellung gefunden, als Englischlehrer, Deutsch lernte ja keiner. Er bewohnte ein winziges Holzhaus mit Ofen gegenüber vom Internat. 1943, als die Deutschen die italienischen Besatzer des damals mit den Nazis kollaborierenden okkupierten Frankreich ablösten, war er der Französischen Résistance beigetreten und nach London geschleust worden, wo er sich in die Englische Armee einreihte und Dolmetscher wurde.

Den Tip hatte er seinem Freund Weinbein gegeben, der gleichfalls nach dem Anschluß Österreichs an Nazideutschland emigriert und einige Monate lang auch dort im Internat Englischlehrer gewesen war. Er, Baron von Frankenstein, hatte aber nicht im Holzhäuschen gewohnt, sondern in einem großen Zimmer im Internat. Arthur Kellerlicht hatte es immer vor Scham geschüttelt, wenn er sich einen Erwachsenen im Bett vorstellte.

Erst ein Jahr nach der Befreiung des südlichen Teils Frankreichs, im September 1944, war der Baron von Weinbein plötzlich wieder aufgetaucht. Allmählich erfuhr man, daß er ein Jahr zuvor in Lyon von der Miliz verhaftet und zum Tode verurteilt worden war und im Gefängnis des Fort Monluc in den noch blutfeuchten Bettüchern eines von der Gestapo gefolterten französischen Widerstandskämpfers hatte schlafen müssen. Da am Tage seiner Hinrichtung Lyon von der Résistance befreit wurde, hatte er überlebt. Als er dann, ein Jahr später, im Internat wieder Englischlehrer war, schwieg man immer, wenn man ihm begegnete und schaute ihn länger an, weil man wissen wollte, wie es in einem aussah, der zum Tode verurteilt worden war. Er fand Arthur Kellerlicht viel zu zappelig, störend, nervös, und gerade ihn hatte man gebeten, da er nun schon mal hinfuhr, den Arthur nach Paris zu bringen, wo er an einer neuen Schule aufgenommen worden war. Und nun konnte er wieder nicht von diesem Gesicht lassen. Schräg gegenüber von Herrn von Weinbein saß ein älterer schwitzender Mann, dessen Bauch sich langsam unter den vielen Knöpfen, die ein so großer Bauch brauchte, hob und senkte, es war eigenartig, daß dessen Gesicht wie auch die Gesichter der anderen Mitreisenden einfach so mitfuhren.

Alle Gesichter waren immer und überall mit dabei, und das war das Groteske, er, Kellerlicht, stellte sich diese Gesichter beim Waschen, beim Ankleiden vor, und dabei sah man doch kaum etwas in der fahlen Beleuchtung des Abteils. All die Reisenden waren auch immer wieder, abends oder morgens, selbst Nakkedeis, und man wußte nichts von all den Landschaften, die jeder einzelne von ihnen gesehen hatte, von den Wegen, die er gegangen, von den Zimmern, in denen er gewesen war, den Türen, die er auf- oder zugemacht hatte, all das war in jedem von ihnen, und von alldem wußte man nichts, von den Sonntagskleidern, den Abenden, den Fenstern, aus denen sie sich gelehnt hatten, und jedes Gesicht war so vollkommen anders und doch ähnlich zugleich mit seinen ganz

eigenen Zügen, die jeden von ihnen überallhin beglei-
teten, aufs Klo, ins Bett, ins Zimmer, auf die Straße,
man konnte sich einfach nicht satt sehen. Ganze Welt-
geschichten fuhren da mit ihm, Arthur Kellerlicht,
eine Frau mittleren Alters saß am Fenster, schaute
starr in die Nacht hinein und dachte an etwas, wovon
man nichts ahnte, sie hielt den Kopf unbeweglich ge-
senkt, und die Haare hingen ihr herunter. Sie mußte an
die dreißig Jahre alt sein und hatte bestimmt schon
Hunderte von Türen zu- und aufgemacht, sie hatte Verwandte und Freunde, Eltern vielleicht, die alle wiederum andere Menschen kannten, und jeder hatte seine
eigenen Bilder in sich.

Von den drei Reisenden neben sich sah er nur wenig,
Knie und eine Gesichtsflanke auf Augenhöhe, die drei
anderen ihm gegenüber hatte man alle auf einmal vor
Augen, mit allem Zubehör: Nase, Lippen, Kinn, Stirn.
Alles hatte sie immer, zu jeder Gelegenheit, begleitet,
war immer dabei, hatte alles gehört und gesehen.

Hinter den Reisenden befand sich in einem Rechteck
ein fahlgraues Foto, das eine französische Landschaft
darstellte. In der sehr schwachen Beleuchtung konnte
man hinter dem Glanzpapier nur vage Formen von
Bergen, von Ebenen oder Türmen sehen, vielleicht war
in irgendeinem anderen Abteil des Zuges die Landschaft abgebildet, durch welche man gerade fuhr.

Aus der Luft sah der Zug wie ein langer, heller dünner
Strich aus, der da unten auf einer schwarzen, geraden
Linie fuhr. Man konnte sich vorstellen, wie alles, von

einem nächtlichen Flugzeug aus betrachtet, aussehen würde. Die Wiesen, Hecken und Wälder wurden von dieser sonderbar geraden Linie durchschnitten, und im vom Mond hell beleuchteten schmalen Strich saßen oder lagen einige hundert Menschen, je nach Reichtum in weichen Bettüchern oder auf Leder, Kord oder Holz, schlafend, dösend, nachdenkend, wartend, traurig, ruhig oder froh, und von all diesen jahrzehntelangen Geschichten eines jeden war nichts zu sehen, nichts zu vernehmen, und doch zog da in jenem winzigen Strich, der da fuhr, die ganze Welt vorbei.

Einer erinnerte sich an den letzten Geburtstag seiner kleinen Tochter, an den im Garten aufgestellten Tisch mit der Decke, die auf einer Seite die Beine verdeckte, man hatte Kuchen von blauen Tellern gegessen, und der andere neben ihm dachte an den Haken am Fensterladen, den er immer so schwer aufkriegte, und ein anderer an seine Küche, wo seine Frau, trotz fortgeschrittener Stunde, am Tisch mit dem Wachstuch saß und auf ihn wartete: aus jedem konnten ganze Romane hervorkommen, und er, Arthur, der da auch im winzigen Strich saß, stellte sich die Unendlichkeit der Welt vor.

Hinter Kellerlicht lag die vertraute Landschaft. Vom hohen Sockel aus, am Gesims des Abhangs, überschaute man vom Internat, wo er nun sieben Jahre gelebt hatte, das ganze Tal. Die Bank, auf der er jahrelang gesessen hatte, sein Bett, sein Regal, die Stimmen vor allem all seiner siebzehn Mitschüler, die er nur von weitem hören brauchte, um sofort zu wissen, zu wem welche gehörte, wußte, wie er aussah, wo er wohnte, ob er vor Heimweh weinte oder nicht, wie er lachte, wußte, ob er ihn schon berührt oder angefaßt, ob er ihn liebgehabt hatte, ob der andere ihn auf den Dachboden mitgenommen und ihn vor sich hinknien lassen hatte, wie seine Eltern hießen, dessen Schuhe oder Hemd er sofort erkannte, das lag nun alles hinter ihm, wäre er noch da, wäre alles wie sonst. Jetzt, auf einmal, war das alles weg, verschwunden, schon weit hinter dem Horizont, das steile Wäldchen, wo er so viele Tannenzapfen für die Heizung gesammelt hatte, sie lagen, nie hatte es zwei gleiche gegeben, überall unter dem strähnigen Gras, der Felsenbehaarung, auf dem Moos, zwischen den Heidelbeersträuchern, die wie winzige Waldbäume aussahen. Er hatte damit die ovalen Weidenkörbe für Tomaten gefüllt. Der lange Balkon ganz oben, wo er so oft gestanden und das ganze Tal überschaut hatte, bis auf fast hundert Kilometer weit, das alles war nun weit hinter ihm, man mußte nur zurückkehren, und alles wäre wieder da wie sonst.

Wie er da saß, überkam ihn auf einmal, unerwartet, hinterrücks das Heimweh, eine Welle, die ihn ansprang, so mächtig, daß ihm die Tränen in die Augen schossen, es wunderte ihn selbst. Das Internat hatte also doch zu seinem Inbild gehört, war nun Teil seiner Innenlandschaft geworden: die Beleuchtungen, Ecken, Zimmer, die Küche, die Bretter der Holzverschalungen, alles kannte er und vor allem die Stellen, wo man ihn hingeführt hatte.

Arthur Kellerlicht war Vollwaise, zehnjährig hatte er seine Eltern verloren. Genauer gesagt, er hatte aus der Heimat wegmüssen, weil er geburtsschuldig war, aus »nichtarischer« Familie, wie es damals hieß, eine Bestimmung, von der er nie gewußt hatte, daß es sie gab. Der Vater, ein deutscher Jurist jüdischer Herkunft, als Kind aber evangelisch getauft, war schon fünfundfünfzig Jahre alt, als Arthur geboren wurde, die Mutter zehn Jahre jünger. Er hatte in einem großen Haus mit hohen Fenstern gelebt, in dem immer hinauf- und hinuntergerannt wurde, und sich Vater oder Mutter vom Treppenabsatz immer etwas zuriefen, es wurde auch viel geschrien und ab und zu, aber immer seltener, stoßweise gelacht. Vom Kinderzimmer oben hörte man im Winter den Vater unten in der Heizung mit einer langen Eisenstange stochern. Es war stets etwas nicht in Ordnung, es schlugen Türen irgendwo, weißlackierte Türen mit kleinen schwarzen Stellen, da wo die Farbe abgesprungen war. Seinetwegen, das hatte er schon herausbekommen, wurden sie so oft zugeschlagen. Er war viel zu jung für so alte Eltern, und mit kindlichem Zynismus nutzte er die Lage aus: Er war ein Böser. Auch hatte er sich mehrmals im weiträumigen Garten im Gesträuch versteckt, versucht sich nackt auszuziehen, um zu fühlen, wie es war. Jedesmal aber war er dabei überrascht worden, und man hatte ihn von der Stelle weggezerrt und gesagt, er sei ein ganz böser Junge.

So hatte das Nacktsein nie von ihm abgelassen, immer irgendwo, im Hintergrund, abends im Bett, und auch das hing mit der Nacktheit zusammen, befingerte er in der Körpermitte die kleine rundliche Härte, die plötzlich aus ihm herausstand, und dann war auf einmal das Licht angegangen, und am Fuß des Bettes hatten zusammen, das war noch nie geschehen, Vater und Mutter nebeneinander gestanden, von oben bis unten mit allen Details, Anzug, Fliege, braunem Kleid und Kette, alles war da, und dann hatte die Mutter seine Hände ergriffen und versucht, sie mit einer Kordel, die er nicht gesehen hatte, zusammenzubinden. Es überfiel ihn da eine unmäßige, aus ihm herausbrechende Wut, ein bodenloser, ungeheurer Haß, am liebsten hätte er der Mutter das Gesicht zerkratzt, ihr den Schädel mit den Schuhhacken zertrampelt. Er schrie sie an, nannte sie Scheißsau, Hexe, Hure, ohne zu wissen, was das bedeutete, und fühlte, indem die Wut in ihm andauerte, daß sie in Mordlust umschlagen konnte, fühlte ihren Hals in seinen Händen, fühlte, wie er sie, ein letztes Schlucken unter seinen Fingern, erwürgte. Auf einmal aber schlug seine Wut in Schluchzen um, er war doch nur ein Bösewicht, ein Mörder vielleicht, der Vater, peinlich berührt, war davongeschlichen, und die Mutter hatte Tränen in den Augen, daß ihr Kind so boshaft war. Von da an hatte er gewußt, er trug in sich eine Wildheit, gegen die nur die Tränen, das herrliche, rettende Weinen ankommen konnte.

Da die Mutter nicht mehr mit ihm fertig wurde, hatte man ihn seiner Hamburger Kinderfrau anvertraut, die ihn hütete, während die Mutter auf irgendwelchen mondänen Parties verschwand. Er war monatelang bei ihr in einem hohen Stadthaus mit schütterem engen Garten geblieben. Sie war mit Arthur streng und gerecht, und er war gerne bei ihr, jeden Tag bekam er es mit der Hand auf den Nackten und jede Woche sechs Hiebe mit dem Rohrstock, die er, neunjährig, entkleidet zu empfangen hatte, zuerst hatte er das ganze Haus zusammengeschrien, bald aber gelernt, den Schmerz herunterzuschlucken, vor allem, da die Hiebe nicht einmal sehr fest waren, und man ihm das Schreien verboten hatte. So weinte er nur noch, sonderbar entzückt, verwirrt, erregt, seine auf diese Weise ausgestellte Nacktheit wurde zu einem festen Bild seiner Innenwelt.

Was ihm von der Mutter geblieben war, war eine Silhouette in weißen, wehenden Kleidern, im sommerlichen, sonnenüberfluteten Garten, unter den hohen weißen Wolken. Seine Mutter hatte oft mit ihm gespielt, er war ihr im Garten hinterhergelaufen, sie hatte seine Hände gehalten und sich mit ihm lachend im Kreise gedreht, und dann war sie auf einmal weg, und die ganze Welt um ihn herum schrumpfte, er sah nur noch Verschwommenes und in ihm war, jedesmal von ganz tief, Verzweiflung und Panik aufgestiegen.

Während all der Jahre im Internat hatte er manches von ihr vergessen, und da sie nicht wiederkam, ließ er sie jeden Morgen in dem weißen Kleid mit der blauen Schleife mit ihm spielen, er fühlte den Druck ihrer Hände um seine Handgelenke. Er hatte jetzt Erfahrung und konnte das Bild verdrängen, wenn die Tränen in ihm aufstiegen.

Eine französische Kusine, die Deutsch so drollig mit singenden Endungen aussprach, hatte sich seiner angenommen. Sie war eine geborene de la Rapière aus dem Périgord, eine alte »betuchte« Familie, die Adel vorspielte, weil sie vierzehn Bauernhöfe verpachtet hatte, die man im Laufe der Jahrhunderte auf nicht immer ehrliche Weise erworben hatte, und deren Name der Wiese »la Rapière«, die sie im 19. Jahrhundert erworben hatte, entstammte.

Das wiederholte weiche Anschlagen der Räder, das nun dumpfer und härter war als bisher, bedeutete, daß man über Weichen fuhr und in eine Stadt kam, er mußte geschlafen haben. Der Zug verlangsamte und hielt schließlich an einem mit rautenförmigen gelblichen Fliesen versehenen, nicht sehr hohen Bahnsteig. In großen roten Buchstaben konnte man DIJON lesen. Er hatte es auf der Karte gesehen, der Zug fuhr über Louhans, Bourgen-Bresse, la Roche-Migennes, Dijon und dann Paris. Als der Zug wieder anfuhr, sah er einen nicht sehr hohen Kirchturm, und er wußte sofort, daß es Spätgotik, 14. Jahrhundert, war. Dann folgten endlos, stundenlang Wiesen, Hecken und Felder, und Dörfer hie und da.

Allmählich war es aber dichter besiedelt mit Ansammlungen rotbedachter kleiner Häuser wie Pocken in der Landschaft, dann Reihen von Sägedächern, dann wieder Wälder und plötzlich Stadtgebäude, Straßen mit breiten Bürgersteigen, eine sehr hohe Mauer in einer Senke mit einer Inschrift aus Backsteinen

PARIS À CINQ MINUTES

Der Zug verlangsamte wieder und fuhr in den Bahnhof Paris Gare de Lyon ein. Arthur hatte nicht überprüfen können, ob es auch wirklich fünf Minuten waren, denn er besaß keine Uhr. Um ihn herum stand man schon auf, und er blickte zum Koffer, der im Netz über ihm die ganz Reise lang gerasselt hatte, ein bräunlicher Pappmachékoffer.

Der Koffer auf dem Metallgerüst erinnerte ihn daran, daß er verköstigt wurde, von dem Wohlwollen einer entfernten Kusine abhing, die ihn ebensogut in eine Werkstatt als Lehrling hätte stecken können, damit er einen Beruf erlerne. Er hatte nicht einmal Taschengeld dabei, das hatte er noch nie bekommen. Im Internat kam man für ihn auf, und dies befand sich so weit oberhalb des Dorfes, daß es sowieso wenig Gelegenheit gab, etwas zu kaufen, und wenn man ihn auf Besorgungen schickte, traute er sich nicht, vom Geld ein paar Centimes zu nehmen, um sich Brot oder Käse zu kaufen. Hunger hatte er immer, und zum Glück hatte es nun nach dem Krieg Pellkartoffeln in Mengen gegeben, und davon aß er ganze Teller voll und träumte von braungelb überbackenem Nudelauflauf. Das hatte er im Kopf, als nun der Zug an einem mit wieder gelblichen

Fliesen ausgelegten Bahnsteig hielt, wie noch vor gar nicht so langer Zeit im kleinen Bahnhof von Sallanches. Diese Fliesen waren einheitlich, es gab sie überall, so wie die Fenstersimse der Schule, die Streichhölzer oder die Lichtschalter, wie innere Erkennungszeichen des Landes. Und in Sekundenschnelle stieg in ihm die Frage auf, eine Kleinigkeit, die als Selbstschutz diente, wenn Kummer oder Heimweh in einem aufzusteigen drohen: ob in Paris die Lichtschalter auch so wie im Internat sind oder wie damals auf dem Bauernhof, wo der Strom erst gerade gelegt worden war? Es waren runde Schalter, auf die eine Art Aluminiumhaube um einen oben abgerundeten kleinen Stift geschraubt war, den man rauf- und runterkippte. Innerhalb der Haube lag zur Isolierung ein Stück Pappe, das bei jedem Schalter anders war, grau, grün, rosa oder gestreift und sogar manchmal mit Teilen von Buchstaben bedruckt, und man stellte sich die Menschen vor, die es hineingelegt hatten, wo sie jetzt wohl waren, ob sie überhaupt noch lebten. Solche kleinen Gegenstände verbanden einen Ort mit einem anderen, an dem man schon gewesen war, es war ein wenig wie ein Heimwehschutz.

Alle Reisenden zogen ihre Koffer aus dem Netz, stemmten sie herunter, manche stiegen auf die Holzbank, um sie herunterzuhieven, man sagte sich »Auf Wiedersehen«, und so zog er seinen alten Koffer, indem er ihn abstützte, auch aus dem Netz.

Im Laufe der acht Jahre im Internat hatte sich doch

einiges zusammengesammelt: alte Unterhosen von ehemaligen Mitschülern, zwei Hemden, die man ihm geschenkt hatte, und viele kleine violett umrandete Broschüren mit Auszügen aus den großen Werken der französischen Literatur: Voltaire, Chateaubriand, Vigny, Victor Hugo und vor allem von den großen Klassikern Pascal, Racine oder Bossuet, deren majestätische Prosa in ihm immer den Anblick von Prunksälen mit kannelierten Pilastern entlang der Mauern und bemalten Plafonds entstehen ließ und die er nun im Koffer rumpeln hörte. Darin lagen auch ein Nachthemd und seine Schulbücher für die Vorbereitung auf den zweiten Teil des Abiturs. In Frankreich bestand damals das Abitur aus zwei Prüfungen im Abstand von einem Jahr.

Herr von Weinbein schwieg, und dann standen sie beide unter hoher Verglasung zwischen grün bemalten schmalen Säulen in einem unendlichen Raunen von überall her, hinter den vielen Geräuschen waren Stimmen, Klingeln, Rollen, Rufe zu hören. Am Ausgang sagte Herr von Weinbein auf einmal: »Wir werden ein Taxi nehmen, und ich bringe Sie ins Hotel de l'Univers, Rue Jean-Jacques Rousseau, wo jemand Sie dann abholen wird.«

Sonderbar war es, daß er, Arthur Kellerlicht, selbst mitging, daß er dabei war, wie ein Zeuge, den er überall mit hinnahm, den er nie loswerden konnte, den er sogar auf dem Klo dabeihatte, beim Essen, Schlafengehen und bei allem anderen, der sich aber vor allem ins Fäustchen lachte, schon im Zuge hatte es angefangen, es war ihm, als ob er in einem Korsett mit Reißverschluß eingeschlossen war, und dabei sah er doch alles und wunderte sich, daß die grauen, ein wenig abgerundeten Hausfassaden so niedrig waren. Man kam auf eine Art erhöhte, gepflasterte Terrasse, die Gebäude davor schienen sich auf einmal zu erheben und mehrere Stockwerke hoch zu werden. Mit den Fingern zählte er ab, sechs Etagen übereinander.

Dann fuhr man Taxi, saß auf brüchigem Leder in einem schmalen Gehäuse hinter dem breiten Rücken des hantierenden Chauffeurs, mit Blick auf halbierte Passanten und Schaufenster. Ab und zu öffnete sich die Sicht auf vor bläulichem Hintergrund verlaufende Straßenfluchten mit Balkonfassaden und unzähligen Fenstern, Schneisen, die den Blick in die Ferne leiteten. Immer wieder änderte das rot-schwarz lackierte Taxi die Fahrtrichtung, um einen herum waren überall andere Autos, hohe oder niedrigere, in denen auch Menschen saßen, Gesichter im Profil, die einen plötzlich ansahen, und es war, als trüge man sich selbst wie eine ans Fenster gehaltene Tafel. Stoßweise hielt der Wagen an Ampeln, Pferdewagen fuhren vorbei, man hatte die riesigen fast menschlichen Hintern auf Gesichtshöhe.

Auf einmal hielt der Wagen, und der Chauffeur streckte den Arm hinaus, um an einem kleinen Kasten zu drehen, an dem sich plötzlich ein kleines Schild aufrichtete: »LIBRE«, frei. Herr von Weinbein lehnte sich zum Chauffeur vor und bekam einen Zettel für die ausgelegte Summe, stieg mit Kellerlicht die beiden Stufen zum Hoteleingang hinauf, verabschiedete sich von ihm und war verschwunden.

Im Hotel war man im Bilde, in einem glasierten (mit Fenstern versehenen) Holzkasten saß ein älterer, müde aussehender Mann, der ihm sagte: »Morgen um drei Uhr werden Sie hier abgeholt, und man wird sich um Sie kümmern, ihre Verwandte hat angerufen, Sie sollen hier im Hotel essen und schlafen, junger Mann.« Er reichte ihm den Zimmerschlüssel mit einem bronzenen Schild mit der Zimmernummer und dem Namen des Hotels, er lag schwer in der Hand, und auf der Rückseite des Schildes stand in Reliefbuchstaben, die man mit dem Finger ertasten konnte:

SOLLTEN SIE VERGESSEN HABEN,

MICH ABZUGEBEN, STECKEN

SIE MICH IN DEN BRIEFKASTEN.

Er hatte noch nie, das fiel ihm jetzt auf, einen Schlüssel in der Hand gehalten, seit acht Jahren im Internat hatte man immer für ihn die Schlüssel im Schloß gedreht, gehört hatte er sie oft, jeden Schlüssel, so viele waren es nicht einmal, er hatte sie am Geräusch, wie sie sich drehten, erkannt. Und das Geräusch war besonders deutlich und laut, wenn er Karzer bekam, was, seitdem er sechzehn war, drei- oder viermal im Jahr passierte, bei trocken Brot und Wasser drei Tage und zwei Nächte und mit entsprechend kochenden Bestrafungen, wenn er wieder mal überrascht worden war, und er genug Strafpunkte gesammelt hatte.

Und nun hatte er selbst einen Schlüssel zum Auf- und Zuschließen. Das Zimmer lag im ersten Stock, zur Rechten. Neben dem Gehäuse des Portiers war die Treppe, die er nun hochging. Zum ersten Mal nach vielen langen Jahren, er war damals noch ein kleiner Junge gewesen, stieg er einen roten, ein wenig am Ansatz zerschlissenen Läufer hinauf, es fühlte sich weich unter den Füßen an, das hatte er in seinem Leben bisher nur selten empfunden, nur wenn er barfuß im Büro stand, um gewogen oder bestraft zu werden. Es war ein richtiger Läufer, der vornehm auf jeder Stufe auflag, mit einer kupfernen Stange und einem Knauf an jedem Ende, eine lange, nicht sehr steile Treppe mit niedrigen Stufen, es war aber alles alt und muffig, rot tapeziert mit fleckigen Stellen.

Und auf einmal stieg in ihm unerwartet die Treppe des Reinbeker Elternhauses auf, und dabei wußte er doch, wie man die schmerzhaften Erinnerungen von sich stößt, er hatte Übung darin und ließ die Eltern nie mehr in sich hochkommen, stemmte sie einfach weg.

Und nun in ihm die breite Treppe mit dem weißlakkierten Geländer und den hie und da abgesprungenen Stellen, für die er sich gerne den Fingernagel hätte wachsen lassen, um unter die Farbschicht zu kommen, sie abzuheben, das ging ihm dann durch den ganzen Körper, wie beim Schorf, wenn man sich das Knie aufgeschlagen hatte. Es war ein grüner Läufer, und ihm war, als hörte er die Stimme der Mutter, wie sie die Treppe hinunterlief und dabei immer etwas ausrief. Auf dem Absatz, Gott weiß warum, stand das Telefon auf einem runden, kleinen Tisch vor dem hohen Fenster, das auf das Laub der Gartenbuchen ging, es hatte ihn gewundert, daß Möbel rund sein konnten. Sonderbar, wenn man die Treppe herauf- oder hinunterging, und man sich um sich selbst drehen mußte, als wäre man doppelt, um von einem Lauf zum anderen zu gelangen. Manchmal war er ganz schnell gelaufen, als ob er sich selbst auf dem Absatz treffen wollte.

Einmal, auf einer Stufe sitzend, er hielt sich gerade an einem Stab des Geländers fest, hatte das Telefon geklingelt, und auf dem anderen Treppenabsatz hatte er den Vater heraufkommen und seine Glatze von oben sehen können, er hatte den rundlichen älteren Herrn im Streifenanzug, der mit sich selbst sprach, im Profil betrachtet. Es war eine trockene Gleichgültigkeit in ihm, als läge das nun alles links neben ihm, wie nach hinten verschoben.

Vor ihm lag ein längerer Korridor, mit demselben Läufer wie auf der Treppe ausgelegt, an jeder Tür ein Nummernschild, auf seinem stand »14«. Er drehte den Schlüssel im Schloß und befand sich in einem dunklen Zimmer mit einem breiten Bett und zwei großen mit Läden versperrten Fenstern. Einen kurzen Augenblick fragte er sich, ob es erlaubt war, sie zu öffnen.

Als er sie nun öffnete, blickte er in einen engen Hof mit senkrecht übereinander verlaufenden Fenstern, man hörte Geschirrklappern, es war, als ginge er auf Stelzen, er gehörte nicht dazu, von ihm selbst war nur irgendein Jemand dabei, und er stand daneben, albern und pappig, er konnte nicht weg. Er schlug die großen Läden zurück, die man mit kleinen Haken an der Hauswand befestigen konnte, indem man das Ende der Haken nach oben klappte. Hochgeklappt sahen sie aus wie kleine gußeiserne Köpfe mit schräg sitzender Baskenmütze. Zum ersten Mal sollte er alleine in einem eigenen Zimmer schlafen. Alleine war er nur im Karzer gewesen, oben auf dem Dachboden, zur Strafe.

Das große Zimmer wirkte etwas verwohnt, schmierig, verstaubt, mit einem roten abgenutzten Sessel und einem Läufer neben dem Bett, auf dem man die unzähligen Fußabdrücke fühlen konnte. Das Bett war erstaunlich breit, mit einem blanken Kupfergestell, es war rot bezogen; davor stand ein mit schnörkeligen Schnitzereien verzierter Kleiderschrank, dessen Spiegeltür so breit wie der Schrank war und von oben bis unten hinunterreichte, so einen großen Schrank hatte er noch nie gesehen. Kellerlicht tat, als interessierten ihn die Fächer und Kleiderbügel, und überraschte sich dabei, wie er die Tür mit der anderen Hand ein wenig öffnete und lauschte, ob sie knarrte. Er stellte sich vor die Spiegeltür, schloß und öffnete sie langsam und sah so das ganze Zimmer nach und nach vorbeidefilieren, zwei-, dreimal machte er das hintereinander, drehte dem Schrank den Rücken zu, schloß die Zimmertür, übergab dem Portier seinen Schlüssel und ging auf die Straße.

Er war in Paris, das er so lange mit sich herumgetragen hatte: eine Anreihung von Straßen, von hohen, fast gleichen, aber doch verschiedenen Gebäuden gesäumt, übereinander alles Wohnungen entlang der Straßen, mit Eßzimmern und Schlafzimmern, nur durch eine feine, leicht zu durchstoßende Wand von den anderen Menschen, dem Verkehr, den Lastwagen, Kutschen und Autos getrennt.

Aussicht hatte man nicht, wie er sie jahrelang in den Bergen gehabt hatte, weltgroß unter dem riesigen freien Himmel mit ganzen Tälern, Provinzen gar, durch welche er den Blick spazierengehen lassen konnte. Von oben hatte er jeden Tag das ganze Dorf, samt Kirche, Post, Apotheke, weit unten liegen sehen mit allem Zubehör, den Wegen und den beiden Straßen, die hinein- und herausführten.

Hier hatte er nur die hohen Steinmassen zu beiden Seiten, Aussicht nur nach vorne oder hinten, und doch fühlte er sich nicht bedrängt, nur ängstigte er sich ein wenig vor der Zukunft, er wußte, er sollte ins Gymnasium zur Vorbereitung auf den zweiten Teil des Abiturs; er wäre gerne im Internat geblieben, trotz oder vielleicht wegen der wöchentlichen Abstrafungen mit der Rute, die ihn immer mehr verwirrten, besonders, wenn sie von einem jungen Aufseher verabreicht wurden, der ihn oft zu »Dankesbezeugungen« zwang, die er gekonnter als alle anderen vollführte.

Seine Beschützerin mußte irgendwie davon gehört haben und fand es ungesund, daß ein so großer Jüngling noch die Rute bekam. Vielleicht, so dachte er, da sie sich seiner angenommen hatte, würde sie für ihn bei sich ein Zimmer freiräumen, ein bescheidenes, und er würde mit ihr essen dürfen und vielleicht sogar ganz wichtigen Persönlichkeiten vorgestellt werden. Die Internatsleiterin hatte es ihm gesagt, seine Beschützerin war mit Ministern und Schriftstellern befreundet und würde ihn bekannt machen. Man würde sofort seine Gedichte in der berühmten *Nouvelle Revue Française* drucken, wo alle großen Namen der Zeit wie André Gide schrieben; sein Name nur unter einer bescheidenen Rubrik wie z. B. »Junge Talente«, aber immerhin. Man sorgte für ihn, und er, der nutzlose Esser, schrieb Gedichte, französische, in ein Schulheft, dessen Bestimmung eine nützliche hätte sein sollen, über Eiszapfen und den Wind, über Wiesen und Wälder, wie es sich gehörte, und meinte, er sei ein »Dichter«.

Er schüttelte sich vor Scham, daß ihm ein solcher Gedanke immer wieder kam: weiche Teppiche, tiefe Sessel und weiße Tischdecken, dafür war er viel zu schuldig und dessen nicht wert. Doch war er aus einer solchen Welt gekommen, in der man nie die eigenen Koffer trug und immer nur in Polster fuhr, die Eltern waren »betucht« gewesen, wie es heißt, er hatte eine Gouvernante gehabt und wurde später trotz der »Ereignisse« in einem schicken Internat erzogen, wo ihm, als große Ehre, die Strafen der jungen Aristokraten zur Genüge erteilt worden waren. Wieso erdreistete er sich, ein Zimmer in einem Stadtpalais ergattern zu wollen? Er, dessen Platz doch unter Stallknechten und Küchenjungen war, die der Koch über den Tisch legte. Er wollte sich also in eine Welt einschleichen, aus der man ihn, ganz zu Recht, als Selbstbeflecker gewiesen hatte, wollte großtun, obwohl seine Beschützerin und Kusine dritten Grades bestimmt im Bilde war. Sie hatte sicher mit der Internatsleiterin geredet, und diese hatte angedeutet oder frei heraus gesagt, der Junge hätte schlimme Angewohnheiten.

Einmal, einige Wochen vor seiner Abfahrt, hatten sich die Damen auf der Gebirgsstraße zwischen den Wiesen getroffen, gerade als die Schüler auf einem Spaziergang waren, als er sich umdrehte, schaute gerade die Kusine nach ihm und schüttelte den Kopf, er hatte vor Scham gezittert, wie er von der Prinzipalin dabei überrascht worden war, wie er sich nach dem Löschen des Lichts im Schlafsaal der »stummen Sünde«, seinem unwiderstehlichen Laster, hingegeben hatte und zwei Tage später dafür entsprechend bestraft worden war.

Er war sicher, daß die Kusine ihn sich »dabei« vorstellte, lächerlich, kindhaft, noch nicht voll entwickelt, aber schon lasterhaft und verlogen, denn einmal zur Rede gestellt, hatte er mit heller, sich noch nicht im Stimmbruch befindender Stimme, in Tränen versichert, er verstünde nicht einmal, worum es gehe. Aber dabei blieb es, er erstickte fast vor Schmach und Schande und hätte die Kusine am liebsten umgebracht. Es war doch selbstverständlich, daß die Kusine so »etwas« nicht bei sich haben wollte, daß das Personal hinter geschlossener Tür ihn stöhnen oder sogar aufschreien hören würde, in dessen Zimmer man beim Aufräumen vertrocknete Haselgerten (die es in Hausgärten ja gar nicht gibt), leere Klopapierrollen und sogar befleckte »Pelochons«, Kopfkissenbezüge, finden würde, auf denen die Knaben Unerwartetes empfanden und auskosten konnten.

Er ging nun also die Rue Jean-Jacques Rousseau hinunter und hatte am Stand der Sonne sofort erkannt, wo der Louvre lag und die Pont Neuf und Notre-Dame, und es zog sich ihm der Bauch zusammen bei dem Gedanken, daß er diese so herrlichen und alten Denkmäler nun in Wirklichkeit sehen würde, deren Bilder er in den Zeiten der Angst mit weit aufgerissenen Augen angeschaut hatte, als enthielten sie eine mögliche Rettung. Auf kleinen blauen Schildern war an jeder Kreuzung der Straßenname an der Hausmauer angebracht, und es war lustig, so an der frischen Luft, den Namen Jean-Jacques Rousseau stehen zu sehen. Weshalb hatte man das Hotel gerade in dieser Straße ausgesucht? War das eine Anspielung, wußte man über ihn genau Bescheid? Er hatte die *Bekenntnisse* gelesen und war beruhigt gewesen, daß selbst Rousseau, ein ganz großer, weltberühmter Schriftsteller sich auch der »stummen Sünde« hingab und sogar darüber erzählte. Er stellte sich den sechzehnjährigen Rousseau vor, in Les Charmettes, dem Haus von Frau von Warens, an den bis nach Chambéry hinunterreichenden Wiesen, wie er entkleidet, im Eckzimmer mit der schönen Aussicht, auf dem Bett lag und sich abpochen ließ und sich dann fast bis zur »großen Freude« brachte.

Vor lauter Erregung hatte er Bauchweh, er sollte also die Orte sehen, wo sich die Geschichte des Landes abgespielt hatte, welches ihn aufgenommen, beschützt hatte, und zu dem er jetzt gehörte. Er ging der Helligkeit entgegen, überall zwischen den Autos, die hinten noch die Gasöfen aus der Kriegszeit angebracht hatten, fuhren Pferdewagen mit Kohlesäcken oder langen Eisbarren, die die Lieferanten auf den Schultern in die Schlachtereien trugen. Die Stadt, im Vergleich zum damaligen Hamburg, wirkte abgewetzt, vom Krieg mitgenommen, man spürte noch überall die deutsche Besatzung, und doch hatte die Stadt etwas menschlich Stolzes an sich.

Überall las er die vielen Inschriften und folgte der Lichtschneise. Auf einmal aber weitete sich der Blick, als käme man ans Meer, und es stockte ihm der Atem, als er rechts, jenseits einer riesigen steinernen, vom Brausen des Verkehrs übertönten Flucht die Kolonnade des Louvre sah, die korinthischen Säulen mit ihren Kapitellen, alle nebeneinander und doch jede für sich allein, sie standen da und warteten seit dreihundert Jahren und trugen immer noch den Dachfirst über sich, und alles war so ruhig und hoch, aber doch nicht übergroß, niedriger als er es sich gedacht hatte und dabei doch ganz anders als auf den Abbildungen.

Er ging die Kolonnade entlang bis zur baumgesäumten Schneise, die in den Himmel zu reichen schien und wo, wie er wußte, die Seine lag. Eine Eile erfaßte ihn, und er lief beinahe, bis er die Quaimauer erreichte, und was ihn da erfaßte war so wuchtig und unerwartet, daß ihm fast die Tränen gekommen wären.

Die Seine floß da wie eingemauert, aber schon meerartig, und Möwen streiften über die Wasseroberfläche. Man konnte sich auf die Quaimauer stützen wie auf das Geländer eines Balkons, und mit einem einzigen Blick hatte man alles vor sich, links zog an ihm die Pont Neuf vorbei, ein Bogen nach dem anderen den Strom überspringend, in der Mitte lag die Île de la Cité mit ihrem Bug und einem der beiden so lang ersehnten haubenlosen Türme von Notre-Dame im Profil, der Sainte Chapelle und der Conciergerie, wie ein vor Anker liegendes Schiff. Es gingen neben ihm viele Menschen, jeder vom anderen verschieden, es wurde gehupt, man hörte Pferdehufe, die leicht auf dem Asphalt aufschlugen. Nahe an ihn heran fuhr ein Wagen mit offenen Kohlesäcken, die da mit umgekrempelten Kragen aneinandergepreßt standen, neben dem Kutscher, in einem Behälter, steckte die feine, schlaff herunterhängende Lederpeitsche. Im Internat hatte man ihm einmal versichert, er würde sie eines Tages bestimmt zu kosten bekommen. Sich verwirrt abwendend, ging er durch die kleinen Straßen um Saint-Germain L'Auxerrois herum, von hohen Häusern gesäumt.

Da er nichts gefrühstückt hatte, rumorte es immer mehr in ihm, vor Hunger mampfte er mit offenem Mund und suchte mit den Augen nach Nahrung. Im Schaufenster einer Charcuterie, einer Art Delikatessenladen, lagen schon die ersten Nachkriegspasteten, Würste aller Art, gekochtes Fleisch, appetitlich in Scheiben geschnitten, Pasteten, die sich wie Kuchen in brauner, kastenartig gebackener Kruste präsentierten. Das Wasser lief ihm im Munde zusammen, so etwas würde er so bald nicht zu schmecken bekommen, und wieso sollte er das auch! Es war doch schon viel, daß man ihn überhaupt »verköstigte« und studieren ließ, als ob es das Natürlichste der Welt sei. Und jetzt erhob er auch noch Anspruch auf Delikatessen! So kaufte er sich von den wenigen Francs, die ihm Herr von Weinbein im Auftrag seiner Kusine hinterlassen hatte, eins der belegten Brote, die da lagen.

Er nahm das in Zeitungspapier eingewickelte Brot und suchte sich einen bequemen Platz, wo er es in Ruhe verzehren konnte, er wußte nicht einmal, ob er noch genug Geld für eine Tasse Kaffee hatte und ging zum Quai zurück. Es gab da eine breite Steintreppe, auf die er sich setzte und in das Brot biß, es knusterte knusprig und weich zugleich, die geschmeidige Butter und der ein wenig pfeffrige Geschmack der Wurst verursachten in seinem vollen Munde eine Genugtuung, ein Vertrauen stieg in ihm auf, die Spannung in seinem Körper löste sich. Vor ihm zog der Strom dahin, grünlichbraun, mit kleinen vom Wind gekräuselten Wellen, und die Spitze der Île de la Cité schien mit ihrem König Heinrich wie ein Heck in die Wasserbreite hineinzustoßen.

Er wußte nicht, ob er nach links sofort zur Notre-Dame gehen oder sie sich aufbewahren sollte, oder nach rechts in Richtung der berühmten Champs-Élysées, von der seine Mitschüler ihm so oft erzählt hatten. Manche nannten sie einfach »Champs«. Vom Chauffeur wurden sie zum Reifenspielen in die Alleen gebracht oder gingen sonntags mit den Eltern spazieren, es waren meistens Schüler aus reichem Hause, die ihren Eltern zur Last fielen, trotz der riesigen mit Perserteppichen ausgelegten Wohnungen, wo Minister verkehrten. Sie wurden im Wagen ins Internat gefahren und saßen dann am Abend im Schlafsaal auf dem Bettrand, strichen mit den Fingern über die Decke und weinten, und er wurde jedesmal von einem innigen Mitgefühl erfaßt, hätte ihnen am liebsten den Kummer aus dem Gesicht weggeküßt.

Einer, ein großer fünfzehnjähriger weißhäutiger, ein wenig weiblicher Knabe hatte erzählt, er wohne direkt an den Champs-Élysées, bei einer jüngeren Tante, die ihn erzog und ganz besonders streng mit ihm sei, wenn er nicht artig, wie sie sagte, gewesen war, wurde er zum Kammermädchen geschickt, bei der er sich die Peitsche holen mußte, und er hatte dann sehr sorgfältig seine Kleidung bis auf die Socken, die er anbehalten durfte, auf ein rundes Tischchen zu legen und mußte die Tante in Gegenwart des Kammermädchens um seine Strafe bitten.

Verwirrt, daß ihm diese Erinnerung kam, schaute er sich um, ob man es ihm angemerkt hatte, ob seine Schuldhaftigkeit auffiel, so ging er vor sich hin und stieß auf einmal auf die breite, die ganze Stadt durchschneidende Rue de Rivoli, in der Ferne sah er im Profil die den Place de la Concorde säumenden Gebäude, darüber einen Sonnenhimmel mit hohen Wolkentürmen.

Er ging die lange Fassade des Louvre entlang. In den Nischen zwischen den hohen Fenstern der beiden Etagen standen die Generäle, jeder mit seinem Namen auf dem Statuensockel: Kellermann, Davoust oder Bessières, sie waren in Uniform und der Bildhauer hatte sogar die Uniformfransen, Knöpfe und Schlaufen herausgearbeitet. Sie trugen die zur Zeit üblichen enganliegenden Beinkleider, die ihn manchmal auf Abbildungen so peinlich berührt hatten, als ob er schuldig sei, und hier waren sie sogar in Stein gemeißelt, bei manchen sah man es besonders deutlich, ein wenig querliegend, erregt, bei Poniatowski oder Lariboisière war es besonders ausgeprägt, der Bildhauer hatte also daran gearbeitet, es ausgehauen, abgerundet, geschliffen und dabei wohl an das Verbotene gedacht, weswegen er, Arthur Kellerlicht, doch so oft die Rute bekommen und geschrien, geheult und beteuert hatte, »es« nie gemacht zu haben.

Er stand da am Rand des Bürgersteigs und glotzte auf die Fassade, und jeder Passant würde sofort wissen, was er da anschaute: ein Jüngling mit unsauberen Gedanken. Und doch, er, der zu weite, flatternde Hosen trug, schämte sich zu sehr, als daß seine Gefühle sichtbar werden könnten, denn immer träumte er von dem, was er niemandem gestehen konnte und wovon nur einer wußte, der, dessen warme Härte ihn mit sich selbst bekannt gemacht hatte. Er gehörte zu denen, *»die schon*

im Internat jenes Faible gewonnen hatten, lieber zu
empfangen als zu geben, so sehr, daß sie Wollust nur
noch durch dieses Eindringen des Partners in ihre Inti-
mität erreichen konnten«.[1]

Verwirrt drehte er sich um und ging in die andere
Richtung, um noch einmal das Herz von Paris, die Île
de la Cité, anzuschauen. Sofort war ihm die Stadt vertraut gewesen, es waren da so viele Menschen, daß man
bestimmt solche wie ihn antreffen würde, er hatte schon
einige gesehen, mit einem Strick statt Gürtel um den
Bauch, viele mit am Knie verbeulten Hosen oder
schmutzigen Krägen, zu denen würde er bestimmt einmal gehören, viele andere aber auch mit Aktentasche
und Regenschirm und frisch rasierter rosa Haut, hoch-
gewachsene Frauen, die ohne sich umzusehen, die
Schläge der Wagen elegant hinter sich zuknallten oder
vornehm über die Straße ›Taxi!‹ riefen, sogar zweirädri-
ge Karren, die von älteren Männern mit grauen Haaren
geschoben wurden, und er, der jung war, nichts zu tun
hatte, ein versorgter Faulenzer war, promenierte dort
entlang und sah sich das alles an.

Er war seit kaum drei Stunden da und schon fühlte er
sich aufgenommen, hier war nichts zu befürchten. Es
war ihm, als hätte er schon immer da gelebt, er fühlte

---

[1] Roger Martin du Gard, *Le Lieutenant-Colonel de Maumort*,
p 1114 (La Pléiade, 1983). Martin du Gard war ein mit Gide
befreundeter Schriftsteller, der durch den Romanzyklus *Les
Thibault* berühmt wurde.

sich wie zu Hause. Das konnte er nur schwer für sich behalten und, wie, um zu prüfen, ob er auch tatsächlich da war, man ihn verstand, um nachzuprüfen, ob mit ihm auch alles stimmte, hielt er einen elegant gekleideten Herrn an, mit Aktentasche und Ordensband am Jackenkragen, und fragte ihn nach dem Boulevard du Palais, von dem er genau wußte, wo er lag, hatte er sich doch die ganze letzte Zeit im Internat die Karte von Paris immer wieder angesehen. Und da blieb nun jemand seinetwegen stehen, mitten auf dem Bürgersteig, und erklärte ihm den Weg und war noch freundlich dazu und lächelte ihn sogar an, zeigte mit dem Finger in die Richtung und verabschiedete sich, und das alles für ihn, Arthur Kellerlicht.

Ein wenig weiter bewunderte er lange die Fassade von Notre-Dame, die auf einmal vor ihm gestanden hatte, so wie sie war, zweitürmig, riesig und doch so leicht; ein Heraufragen samt allen noch so kleinen Details. Man konnte alles auf einmal mit einem einzigen Blick erfassen, es war so weiträumig erhaben und prachtvoll, daß er am liebsten die Arme ausgebreitet hätte. Das Sonderbare war, daß er selbst es war, der davorstand, als ob es ihn nun tatsächlich gebe und dazu noch in Frankreich, in Paris. So mußte er noch einmal nachprüfen, wie es sich ausnahm, wenn man von einem anderen Menschen wahrgenommen wurde und man feststellte, daß es einen gab, wie es sich ausnahm, wenn man jemanden anredete. Diesmal, vielleicht im nachhinein vom ersten Passanten doch ein wenig wie eingeschüchtert, sprach er einen jungen Mann an, der da vorbeiging, und fragte ihn nach dem Boulevard Saint-Michel, vor dem er, wie er es bereits festgestellt hatte, gerade stand. Der junge Mann sah ihn an und wunderte sich, daß er es nicht wußte und fragte ihn, von woher in Frankreich er denn komme, und mit seiner gerade erst im Stimmbruch befindenden, kinderhellen Stimme antwortete Arthur, er sei aus Hoch-Savoyen, wo seine verwitwete Mutter eine Pension führe, er hörte sich das selbst mit Überzeugung dahinlügen und beinahe hätte er den anderen, der es aber eilig hatte, in die Pension eingeladen.

Er hätte nicht gedacht, daß ihm die Lügen so einfach und glaubwürdig aus dem Munde schießen würden. Aber er mußte unbedingt jeder Frage zuvorkommen, sich auch ungebeten ausweisen: Elsässer, evangelisch getauft, während des Krieges die Eltern nach Hoch-Savoyen versetzt, nur eine deutsche Mutter, Vater aber Erzfranzose. Seine jüdische Herkunft mußte er unbedingt verschweigen, wie auch das andere, beides gehörte zusammen. Er fürchtete vor allem, er könne aus irgendeinem Grunde aufgehalten und zur Rede gestellt werden, müßte seine schändliche Geburt, seine unnütze Existenz gestehen. Er hatte aber nie jemandem etwas angetan, und wie sollte er auch, jung wie er war, und doch hatte man ihm nach dem Leben getrachtet, obwohl er doch so gerne lebte. Vielleicht – ihm lief es kalt den Rücken hinunter – ging es um das Allabendliche, die Schande, jenes Sich-Liegen-Lassen, die Unterbrechungen, bis zum Abspritzen und dessen mehrmalige schuldige Wiederholung. Es war doch richtig gewesen, ihn mitnehmen zu wollen, er gehörte abgeschafft, das hatte er immer schon gewußt. Das Schlimmste, er hatte Erfahrung und ging mit sich selbst besonders raffiniert um. So wurde er unruhig, konnte er sich selbst abschütteln, las man ihm das Lasterhafte vom Gesicht ab, hatte er auch so bläuliche Ringe unter den Augen, wie so viele seiner Mitschüler, die es unentwegt trieben?

Vielleicht hatte er alles falsch verstanden, vielleicht sollte er heute schon abgeholt werden, und sollte es morgen sein, wußte er sowieso nicht, um wieviel Uhr, und wo sollte er denn überhaupt unterkommen? So ging er eilig die Straßen zurück, die er gegangen war, zwischen zwei Häusern sah er auf einmal eine säulenumfaßte Rundung, das erste rundförmige Gebäude, es war die Handelsbörse, in der Nähe einer langen Straße, die Rue Rambuteau, die an den Hallen entlangführte, deren vermoderten, an Gemüse und Obst erinnernden Geruch er schon seit einiger Zeit bemerkte, ein Geruch, den man in der Nase behielt, faulig, süßlich, der aus diesem metall-gläsernen geteilten Bau der Verkaufshallen drang, wo sämtliche Lebensmittel feilgeboten wurden, die man in Paris alltäglich verzehrte.

Am Straßenrand folgte ein Restaurant dem anderen, er aber traute sich nicht rein, ärmlich in schlotternden Hosen, wie er war, ein Habenichts, der da vorbeikroch. In jeder Tür stand ein Kellner, ein Koch oder der Besitzer, sofort hätten sie ihn ausgemacht, den Schmarotzer, der gern umsonst verköstigt worden wäre, der sich gern eine Mahlzeit bestellen würde und am Ende nur sein leeres Portemonnaie vorzeigen könnte. Bei diesem Gedanken schüttelte er sich vor Entsetzen, man hätte die Polizei gerufen und er wäre für immer erledigt.

Vor manchen Restaurants stand die Speisekarte etwas abseits am Straßenrand, einbeinig aufgepflanzt, sich zum Lesen anbietend, manchmal von gußeisernen Schnörkeleien umrahmt, man konnte sie lesen ohne besonders aufzufallen. In violetter Schrift folgten da einander die köstlichsten Speisen, sorgfältig detailliert, wie er sie nie gegessen hatte, von manchen wußte er nicht einmal, was es war: Es gab Kalbsnieren nach Waldart, Austern, Hummer, alle möglichen Fleischpräparate, bei denen ihm das Wasser im Mund zusammenlief, und sogar, erschwinglich, das herrliche, so selten gegessene *Biftèque pommes frites.*

Als er dann später ins Hotel zurückkam, dort gab es kein Restaurant, bekam er in der kleinen Küche zu essen, Fleisch und Bratkartoffeln, und er war glücklich, eine ältere Frau in Schürze bediente ihn und ließ sich erzählen, von wo er herkam: Aus Savoyen, ein Waisenkind elsässischer Herkunft, für den eine entfernte Kusine sorge, ja das wisse sie, denn er sei hier in ihrem Auftrag untergebracht. Sehr freundlich erkundigte sie sich über das Internat, wie das Essen gewesen sei, ob es ein strenges Internat gewesen sei, was er sofort mit seiner hellen Stimme verneinte, nein, nein, es habe da kaum Strafen gegeben, manchmal nur Vorwürfe, und er fühlte, wie ihm die Röte ins Gesicht stieg, wie er glühend rot wurde, hatte er es doch noch vor zwei Wochen, achtzehnjährig, auf den Entblößten mit der Rute bekommen, er hatte versucht, nicht zu schreien und zu betteln und sich geschämt wie selten, vielleicht, weil es das letzte Mal sein sollte, er erinnerte sich, wie er den Rest des Tages mit aufgeknöpftem Hemd und Rute in der Hand in der Ecke gestanden hatte, und das als beinahe Erwachsener, einige Tage vor dem endgültigen Abschied, um den es ihm leid tat. Aber die Frau wollte vor allem abräumen und drängte nicht weiter, bestimmt hatte sie geahnt, daß der junge Mann etwas verschwieg. Verwirrt nahm er den Zimmerschlüssel vom Bord und ging die Treppe hinauf.

Das erste, was er beim Öffnen von der Seite sah, war der Kleiderschrank und das erleuchtete Fenster der Wohnung gegenüber, er sah sogar die Silhouette der Bewohner hinter den Gardinen. Er zog schnell die Vorhänge der beiden Fenster zu, als sei er bereits schuldig und stellte sich dahinter, um zu überprüfen, ob sie etwas durchlassen würden von dem, was sich in seinem Zimmer unweigerlich abspielen würde.

Das wenige, was er hatte, war alles im Pappmachékoffer, so hatte man es für ihn arrangiert, er wußte nicht einmal, wohin er kommen sollte. Er hatte nichts mit, die Zahnbürste hatte er verloren, und es wurde für zu schade befunden, ihm eine neue zu kaufen. Es war schon dunkel, und er machte Licht, es kam ziemlich spärlich von der Decke, aber die beiden Nachttischlampen brachten genügend Helligkeit ins Zimmer, sie hatten Schirme, die man verstellen konnte, wie man wollte. In ihm gingen die Gedanken hin und her, er hatte auch Angst vor der Zukunft, der Erwartung, und ein wenig Heimweh nach dem Gebirgsinternat, wo er doch so lange gelebt hatte.

Der Druck auf der Brust, eine Last unter dem Brustbein in ihn eingelassen, hörte nicht auf, eine vage Angst, der Furcht vor der Strafe nicht ganz unähnlich, nur daß das Bangen vor der Strafe etwas Freudiges, Bekanntes an sich hatte, man hatte genau gewußt, was einen erwartete. Die Strafe bestätigte ihn in seinem Dasein: Ja, es gab ihn also doch, trotz des ihm auferlegten Seinsverbots. Daß man ihn vor den anderen züchtigte, die er sogar dazu einladen mußte, zeigte, wie kaum etwas sonst, daß die anderen ihn nicht beseitigen konnten, wie es doch normal gewesen wäre, da er doch minderrassig war. Es trat aber nie Blut hervor, es war nie absichtlich grausam, nur unsäglich beschämend und lächerlich, es war keine Abrichtung, es sollte niemand kleingemacht werden, man strafte ihn einfach, weil er immer alles falsch machte und es nicht anders konnte und es Sitte war, aber keiner wollte ihn etwa beseitigen, die Strafe war doch das Zeichen, daß er für andere immerhin existierte, »c'est pour votre bien«, »es ist zu Ihrem Wohl«, wurde ihm immer betont, und so konnte sich die Direktorin an nackten Jünglingen ergötzen.

Nun aber fühlte er sich sonderbar ausgeliefert, was würde passieren? Man hatte etwas von Gymnasium und Vorbereitung auf das zweite Abitur gesagt, aber Genaueres wußte er nicht, und wenn man käme, um ihn abzuholen, was würde passieren, ob die Hotelbesitzerin ihn vielleicht als unbezahlten Gehilfen und Geschirrwäscher behalten würde? Beinahe wäre er hinuntergegangen, um sie zu fragen, und dabei stand ihm der Kleiderschrank vor Augen, als wüßte der schon alles, ein Schrank der schon so vieles gesehen hatte.

Er belog sich aber, er gehörte zu denen, die man so nebenbei unterhielt, die einfach irgendwie Hauszubehör waren, wie damals in den betuchten Familien, wo man sich einen jungen Diener hielt. Natürlich würde man ihn abholen kommen, seine reiche Kusine hatte damals Kellerlichts Mutter, die eine Kusine war, versprochen, sie würde sich um ihn, bis er einen Beruf habe, kümmern. Er gehörte dazu, er war ein armer Reicher, ein wenig wie der Hausfreund, den es bei seinen Eltern gegeben hatte, der zum Mittagessen gebeten worden war und zehn Jahre blieb. So einer war er auch, er bekam umsonst, was sich manche Jünglinge seines Alters erschuften mußten.

Er wußte nicht wie er den Rest des Abends verbringen sollte, er wollte nicht wieder auf die Straße, vielleicht hatte er Angst, sich zu verlaufen und ging hinunter zum Empfang, wo in einem der Kästen einige Bücher standen, und nahm aufs Geratewohl einen Roman von einem populären Schriftsteller, Marcel Prévost, der *Der Skorpion* betitelt war, auf dem Umschlag sah man einen jüngeren Priester, der, über eine liegende Frau gebeugt, sich die Knöpfe von der Soutane riß.

Das Buch öffnete sich gerade an der Stelle, an der sich der junge Priester nackt auszog, als Arthur das las, saß er auf dem Bett und schämte sich, so etwas zu lesen, als könne man ihn dabei überraschen, wie er noch vor kurzem die Bilder im Lexikon mit der Hand überdeckte, wenn sie eine Nacktheit darstellten. Das war das Verbotene, dafür hatte man ihn doch so oft bestraft, und die Strafe wiederum hatte ihn dahin zurückgeführt, und nun saß er da und sah sich dort mit dem Buch auf dem Schoß sitzen. Er stand auf und sah sich selbst gegenüberstehen, der Achtzehnjährige, zum ersten Mal in seinem Leben, bis dahin hatte er im Taschenspiegel oder im Spiegel über dem Waschbecken immer nur sein Gesicht gesehen, oder Teile seines Oberkörpers, das Schuldige an ihm hatte er immer nur von oben gesehen, in der Vogelperspektive, sonst aber wußte er nichts von sich selbst. Dabei konnten die anderen, die Zeugen seiner Strafen, alles über ihn erzählen, sie wußten alles, wie er aussah, wie er unter der Strafe ausschlug und strampelte, aber immer in Stellung blieb, sich gebärdete, wie sein Körper dabei rot wurde und wie die Striemen aussahen, die er immer nur danach von hinten, ein wenig schräg sehen konnte, wenn sie schon anfingen zu verblassen. Er war der einzige, der sich nie gesehen hatte, so wie alle anderen ihn gesehen hatten.

So stand er auf einmal vor dem Spiegel, wie Gott ihn

geschaffen hatte, und fand sich ziemlich harmonisch gebaut, ein bißchen weiblich, er sah, daß er ein wenig mädchenhafte Brüste hatte, und es verwirrte ihn; nur die Rippen sah man zu sehr, und darunter hatte er sehr breite Hüften, und als er sich umdrehte, war ihm plötzlich klar, warum man sich so gerne mit ihm abgab. Die Internatsleiterin hatte es immerfort wiederholt: »Mein Junge, Sie sind wie für die Rute geschaffen, Sie brauchen sie ganz einfach.« Und das war gar nicht einmal so falsch, und wieder bemächtigte sich seiner der große Trubel des Danach, dem er sich, zum ersten Mal, ohne sich dabei zu verstecken oder so zu tun, als wisse er von nichts, hingeben konnte. Er tat, als hätte man ihn gerade bestraft und er gäbe sich dem Laster hin, wegen welchem er ja gerade bestraft worden war. Seine Finger waren seither immer erfahrener geworden, und er blieb lange vor sich stehen und zielte auf sich selbst. Den Schrei, am Ende, hielt er nicht zurück.

II Sommerdürre

Nun war er schon über zehn Monate da und hatte sein
Abitur immer noch nicht geschafft, er machte lange
Spaziergänge durch die riesigen Rübenfelder, die nur ab
und zu von Baumgruppen unterbrochen wurden, in der
sonst leeren Ebene, die eine bläuliche Hügellinie im
Hintergrund nach sich zog, auf der anderen Seite lag
das von Pappeln gesäumte Oise-Tal. Er bewohnte nun
eine Mansarde, die man extra für ihn frei gemacht hatte,
mit schräger Decke und Dachfenster. Die entfernte Kusine hatte sich nach dem Krieg des Waisenhauses angenommen, in dem sie ihn nun wohnen ließ. Es war in
einem teilweise aus dem 17. Jahrhundert stammenden
Schloß untergebracht, das sich zweihundert Jahre später ein Schokoladenfabrikant hatte umbauen lassen.
Dann war es weiterverkauft worden und bekam sogar
Zentralheizung. Während des Krieges wurde es zum
»Erholungsheim Hermann Göring«, und nach der
Befreiung des Landes durch die Alliierten, fing man
an, dort Kinder unterzubringen, von denen manche
manchmal kaum wußten, wie sie hießen. Sie schauten

nicht wie die anderen, sondern waren immer irgendwie auf der Lauer, als bedrohe sie ständig etwas, sie waren stets in Bewegung, hielten nie still, und wenn jemand an sie herantrat, hielten sie sich den Ellbogen vor das Gesicht. Die meisten waren irgendwo versteckt gewesen, bei Bauern in Scheunen, aus denen sie nicht heraustreten durften, es waren jüdische Kinder, deren Eltern in Auschwitz vergast worden waren, oder von denen man manchmal nicht einmal wußte, woher sie in Wirklichkeit stammten, man hatte sie sich untereinander weitergereicht, einige behalten und dann von Bahnhof zu Bahnhof weitergeleitet und von einem DP-Lager ins andere geschoben, man mußte ihnen erst mal beibringen, wie man Messer und Gabel hielt und daß keiner mehr hinter ihnen her war.

Es kümmerten sich die Damen vom Komitee um sie, sie ließen sich nacheinander vom Chauffeur im Coupé heranfahren und an der Wiese vor dem Schloß absetzen. Die Kinder, alle noch hager und angegriffen, mit unsicherem Blick, wurden aufgestellt und photographiert. Zwei Monate später war der Photograph wiedergekommen, sie hatten schon richtig zugenommen und konnten so, »fett abgeknipst«, in die Zeitung. Die Eltern mancher Kinder gaben sich für arm und verfolgt aus, dabei ging es ihnen bestens, der Nachkriegsschwarzmarkt hatte sich als rentabel erwiesen, sie wollten aber ihre Kinder nicht zwischen den Beinen haben, besuchten sie aber öfter, und die Kinder standen dann vor ihnen und wußten nicht, ob sie sich freuen oder weinen sollten. Solche Eltern parkten ihre schicken Autos weiter abseits, damit die Damen es nicht sahen, und zogen sich im Auto ärmliche Kleider an. Sie brauchten natürlich keinen Groschen für den Unterhalt ihrer Kinder zu bezahlen.

Das Aufsichtspersonal, wenn die Damen dann abfuhren, blieb am Wegrand stehen und winkte noch, als die Autos schon verschwunden waren. Und Arthur winkte besonders eifrig, wenn es die Kusine war, die abfuhr. Die raren Journalisten, die eingeladen wurden, wurden drei Monate später wieder bestellt, das ergab in der Lokalzeitung zwei Klischees nebeneinander: die Kinder vorher und nachher, wie bei der Reklame von Friseuren.

Das Komitee lud auch zu staubigen Festen ein, wo »Tout Paris« große Mengen an Sardinendosen, Nudelpackungen und Kleiderpacken herbeischaffte. Davon brachte der gute Herr Ratefil, der neue Direktor, immer ein Drittel mit dem Vorortszug zum Verkauf nach Paris, den Gewinn sparte er für seine Tochter, die einen Künstler heiraten sollte, der zweiköpfige Christusbilder malte.

Als Arthur Kellerlicht dort ankam und man ihn in seiner Bude unterbrachte, war es ein besonders kalter Herbst. Er war am nächsten Morgen tatsächlich im Hotel abgeholt worden, von einem älteren beleibten Herrn, in einem ein wenig abgenutzten Anzug, was er, der doch nie einen gesehen hatte, sofort feststellte, der Kragen war ein wenig speckig, im Gesicht hatte er, auf den ein wenig eingefallenen Wangen, lauter schwarze kleine Punkte. Er hieß Ratefil und war der Direktor der Anstalt, in der Kellerlicht untergebracht werden sollte, und klaute wie ein Rabe, das merkte man aber in der Buchhaltung kaum, es wurde nämlich aus Amerika bezahlt, so munkelte man. Frankreich war verwüstet, und es war schwierig, jemanden zu finden, der für ein sehr kleines Gehalt ein Waisenhaus leitete. Herr Ratefil war sehr günstig gewesen, und man übersah die gestohlenen Sardinendosen. Herr Ratefil war eine Kanaille. Mit seiner dicken, aber stets jammernden Frau bewohnte er eine gekachelte Parterrewohnung, der geteilte Vorraum des ehemaligen Landsitzes, eine schmale Wand trennte sie vom stetigen Stiefelscharren der Kinder, die man, so gut es ging, bewirtete.

Sofort hatte Herr Ratefil ein freundliches Lächeln aufgesetzt, und als er Arthur Kellerlicht die Hand reichte, kitzelte er leicht die Innenseite seines Handtellers mit dem Daumen, und der Jüngling fühlte, wie sein Gesicht glühte, wie er knallrot wurde, denn es konnte doch nur eins bedeuten: »Mein Junge, von Dir wissen wir schon alles, was Du im Internat getrieben hast, alleine und mit anderen.«

Er wurde im Taxi bis zum Gare du Nord gefahren, und im Zug konnte Kellerlicht sich an dem vorbeidefilierenden Frankreich satt sehen, auf die schräg oder quer an den Bahndamm reichenden Fabrikmauern und Werkstätten folgte eine quadratische, von Hecken und Gittern unterteilte, merkwürdig gestückelte Landschaft, ohne

Blickfluchten mit kleinen Sträßchen, die nirgendwohin führten. Allmählich aber löste sich die Landschaft auf, es erschienen Wiesen und Dörfer, wie er sie auf Bildern gesehen hatte, und nach ungefähr einstündiger Fahrt kam man in einer kleinen, sich selbst überragenden sonderbaren Kleinstadt an: PONTOISE. Man kam unten am Bahnhof an, und die Stadt stand oben mit der Kirche, die er sofort datierte, ausgehendes 15. bis 16. Jahrhundert. Die Stadt bestand aus zweistöckigen, bauchigen alten Häusern. Gassen mit Kopfsteinpflaster und Steintreppen schlängelten sich zwischen hohen Mauern und führten unerwartet auf schiefe Plätze, wo manchmal alte Gestalten vorbeihuschten, die man dann nie wieder sah.

Wenn man in Pontoise zwischen hohen Häuserwänden, an denen der Putz abbröckelte, die steinerne, steile, mit Eisenrampen versehene Treppe hinaufgestiegen war, stieß man auf eine lange, windige, ein wenig gebogene Straße, so daß man immer eine Häuserfront vor sich hatte, die sonnenüberflutete rechte und die schattige linke. Zwei schräge Plätze umgaben die Kirche. An der Vorderseite des einen führte durch ein Wohnhaus hindurch ein unscheinbarer Gang zum Stadtpark, der wie ein Balkon mit Schutzgeländern die ganze Vorstadt, fast bis Paris hin, überragte. Dahinter, zwischen höheren Mauern, erblickte man eine hügelige Landschaft.

Auf den darauf folgenden Wiesen hinter der Stadt wuchsen Apfelbäume, die runde, gelbliche Blätterschatten warfen, der steiler werdende Hohlweg stieß auf einmal auf eine Folge von blauvioletten und dahinter immer heller werdenden Horizontlinien. Im Nachmittagslicht hoben sich die Farben ab und spielten miteinander. Die hochstehenden Schweife der Pappeln überragten blaugrüne, von schrägen Sonnenstreifen durchzogene Abhänge, an denen die quer verlaufenden Hecken ein anderes Grün abgaben. Alle Farben liefen auf dieselbe Mitte zu, in der sich alles traf: Wege, Hecken, Baumreihen. Aus der Talsohle ragte die rote Linie der Dächer hervor, eine gerade Firstlinie, als gäbe sie eine Richtung an, die das wenig tiefe Tal nachzeichnete.

Zuerst hatte man gedacht, ihn im Internat des Gymnasiums unterzubringen, aber da der Jüngling nun einmal äußerst gerissen war und alles verstand, bevor es überhaupt gesagt worden war, hatte er dem Direktor des Waisenheims erklärt, er möge Kinder überhaupt nicht, er fühle sich von ihnen in keinster Weise angezogen.

Die Kusine hatte sich tatsächlich schon beim Direktor gemeldet und ihn vor Arthur gewarnt, und als dieser sie anrief, um sie zu überzeugen, ihn nicht in das riesige Internat des Gymnasiums zu schicken, wo vierzig Betten in einem einzigen Saal nebeneinander standen, hatte sie gesagt, sie würde es sich überlegen.

Es war so ganz anders, als in seinem kleinen Berginternat, so groß und kalt, daß er vor Heimweh in einen Tränenstrom ausbrach und sich vor Kummer auf seinem Bett krümmte. Die Kusine wußte, daß er ungefährlich war, und fing an, zu glauben, daß er es mit

Männern hätte, was nun einmal nicht falsch war. Er schüttelte sich vor Entsetzten bei dem Gedanken, in einer Ecke irgendwo im Park ertappt worden zu sein, in irgendeinen nackten Knabenleib gespießt, aber sich vorzustellen, wie er unter einem schwitzenden Herrn liegen konnte, war allerdings nur grotesk.

Da er doch mit der Gnädigen Frau Präsidentin verwandt war, *on ne sait jamais*, war es besser, sich diesen langgeschossenen Idioten zu greifen, und so wollte der alte Ratefil, als er ihn vom Gymnasium abholte, sogar seinen Koffer tragen und tat, als würden sie sich schon seit ewig kennen. Er fing sofort an, von sich zu erzählen, wie richtig es gewesen sei, daß seine Frau Kusine ihn zum Direktor des Waisenhauses ernannt habe, da er doch Hilfslehrer im Gymnasium zu Algier gewesen sei: Rosa, rosae, rosam, ja, Latein müsse man lernen.

So konnte Kellerlicht im schon recht kalten Herbst seine Bude im Schloß beziehen und mußte sich nicht mehr vor dem riesigen Schlafsaal des Gymnasiums fürchten. Verköstigt wurde er von nun an mit dem Aufsichtspersonal im Eßzimmer des Direktors, ein kleiner gekachelter Raum mit einer viel zu großen Fenstertür, wo man zwischen Tisch und Wand eingeklemmt saß und nur aufstehen konnte, wenn keiner neben einem saß. Arthur konnte sich da an Pellkartoffeln mit Margarine und Sardinen vollessen und sich dann in seiner Bude mit sich selbst abgeben. Sie lag unter dem Dach mit Fenstervorsprung, aus dem er sich herauslehnen konnte. Ein wenig schräg gegenüber die riesige Zehntscheune der ehemaligen Abtei zu Maubuisson, wo im Mittelalter die Könige abstiegen. Er hatte Aussicht auf das ziegelrote Scheunendach, an dessen Giebel ein fünfeckiger Wachturm mit Haubendach emporragte.

Viermal in der Woche ging er ins Gymnasium, ganz oben am Rande des Plateaus, an das sich die Stadt gegenüber dem Fluß zu lehnen schien. Das Gymnasium war ein gelbliches, rechtwinkeliges Gebäude mit großem Innenhof, es stammte aus den letzten Jahren des 19. Jahrhunderts und hieß »Collège Jean-Claude Chabanne«. An der Tormauer hing eine Marmortafel, die an den Namensträger erinnerte: Achtzehnjährig war er im Juli 1942 als Widerstandskämpfer zur Befreiung des Landes von den deutschen Okkupanten erschossen worden.

Jedesmal, wenn er an der Tafel vorbeiging, erinnerte er sich, wie er sich damals feige gefreut hatte, als der Bauer, der ihn in Schutz genommen und versteckt hatte, ihn nicht mit den Widerstandskämpfern der Résistance gegen die Naziokkupanten Frankreichs gehen lassen wollte, und doch wäre er sofort mitgegangen, nur um seine Angst nicht zeigen zu müssen. Viele seines Alters waren gestorben, hatten sich aufgeopfert, während er sich, in Sicherheit, seinen Träumereien hatte hingeben können.

Seine Mitschüler der Abiturklasse schien das nicht sehr zu interessieren, und Kellerlicht fragte sie einmal, ob sie ihn, den jungen Chabanne, vielleicht gekannt hätten, völlig harmlos, weil sie doch noch in den unteren Klassen waren. Manchmal sahen sie ihn verwundert, aber immer freundlich erstaunt an, er unterschied sich von den anderen durch etwas Unbestimmtes, durch eine Unsicherheit, es war ihm, als glitten ihre Blicke herunter zu dem Körperteil, das die schlimmen Angewohnheiten und die entsprechenden Strafen hatten üppig anwachsen lassen. Ab und zu lud ihn jemand zu sich nach Hause ein, er schlug aber immer seiner ärmlichen Kleidung wegen aus.

Angemeldet wurde er bei den verschiedenen Wohltätern vom Waisenhaus für kurze oder zu lange Kleidungsstücke, man gab ihm, was gerade von den Spenden übriggeblieben war. Die Wohltäter schenkten sowieso nur Unbrauchbares. Die Hosen waren ihm immer zu groß, und er zog sie sich so hoch, daß er den Hosenbund über den Gürtel krempeln musste. Da die Kragenweite nie die richtige war, hing ihm der Hemdkragen tief hinunter, und Halstücher waren ein Luxus, den er sich nicht leisten konnte, er hatte ja kein Taschengeld und wagte nicht darum zu bitten, da man doch schon so großzügig für ihn aufkam, in einem Alter, in dem die meisten schon als Laufburschen, Lehrlinge oder Bäckerjungen arbeiteten, und er nicht einmal das Abitur schaffte.

Im Unterricht hörte er kaum zu, zeichnete U-Bahnlinien mit Umsteigebahnhöfen und entsprechenden Korridoren, während der Philosophielehrer sich abmühte, achtzehn Grobiane in Kants Denken einzuweihen. Aber im Hof, während der Pausen, hörte er zu, denn zwei, drei seiner Mitschüler sprachen immer wieder von mehr oder weniger verbotenen Büchern. Manche schrieben auch Gedichte und wurden ganz rot, wenn man sie danach fragte. Sie lasen »Unzüchtiges« aus dem französischen 18. Jahrhundert; er hörte, wie sie von einem gewissen Andréa de Nerciat redeten, von dem er glaubte, wegen des Vornamens, er sei eine Frau, sie tuschelten unentwegt über das Büchlein, ein alter in Leder eingebundener Band aus dem Jahre 1788, mit sehr weißem, wie gestanztem und leicht gerilltem Papier, sehr schwarz gedruckt mit kleinen Stichen dazwischen, es war immer eine junge Frau und ein Jüngling über sie gebeugt zu sehen. In diesem kleinen Büchlein war vor allem die Rede von zwei sechzehn- und siebzehnjährigen jungen Adeligen, de Solange und de Saint-Elme, die in einem Jesuitenkloster verbotene intime Spiele spielten, und sich jeder seinem Beichtvater, dem Abbé Culard (was so viel wie Arschlecker bedeutet), geflissentlich anbot. »Noch ein Jahr solcher ansteckender Einsamkeit, und dieses entzückende Kind verlöre sich, vielleicht«, sagt da ein Abbé.

Während die Mitschüler Arthurs so miteinander auf dem Schulhof redeten, begegneten sie sich mit einem sonderbar ausforschenden Blick, als wenn sie sich nicht trauten, gewisse Geständnisse abzulegen. Arthur entfernte sich von ihnen, damit man ihn nicht verdächtigte, »darüber« Bescheid zu wissen, er lächelte in sich hinein bei dem Gedanken, daß keiner von dem Zeichen wußte,

das er trug, und das vielleicht nur ein Arzt hätte entdek-
ken können. Es war vor noch nicht so langer Zeit im
Zimmer des Aufsehers geschehen, am nächsten Tag hatte er dann die ein wenig brennende Wärme gefühlt, es
war immer wieder monatelang passiert, er hatte dieses
Erinnerungsmal fast liebgewonnen. Er erinnerte sich
wieder der nächtlichen Geräusche, an das Zuschließen
des Fensters, die Schritte von jemandem, der über den
Korridor ging, man mußte den Atem anhalten, an den
anderen, den Erwachsenen, der ihm sofort die Hand
auf den Mund drückte, und an das Danach, am Fenster
im herrlich fahlen, silbernen Licht des Mondes, der zuerst durch die spitzen Äste der Tannen leuchtete und
dann hinter dem Schattenriß der Bäume langsam am
Himmel aufstieg.

Er hatte Angst, man könne all das an ihm ablesen,
und er paßte auf, sich nicht mit einem, oft allein spazie-
rengehenden Jüngling aus seiner Klasse allzu offensichtlich einzulassen, von dem er gehört hatte, er habe
einen Busenfreund. Er beobachtete ihn aus der Entfernung und versuchte herauszukriegen, wer er war, warum er den ganzen Tag allein verbrachte; er trug sogar
unter dem grauen Schulkittel, den er offen ließ, einen
richtigen Anzug mit Krawatte und steif gebügeltem
weißem Hemd, man sah ihm an, daß er aus betuchtem
Hause kam.

Einige Male ging ihm Arthur nach, nur um zu wissen, wo und wie er wohnte, er wohnte in der Stadt, die
sich hinter einer steilen Anhöhe so gut es ging von einer

Erhebung zur anderen ausbreitete, mit kleinen Gassen, so verwinkelt, daß man plötzlich nach einer Biegung auf eine Brüstung stieß und vor einem riesigen offenen Himmel stand, der sich über die von Bäumen umsäumten Felder erstreckte. Tief unter einem lagen die Dächer der Stadt. Die Dachfirste folgten einander in Wellen, und zwischen den Häusern sah man die Passanten, weit unten eine Frau mit einem Hund, einen Radfahrer, einen Mann in Kluft, der einen Karren zog, ein vorbeifahrendes Auto, das sofort von der nächsten Häuserfront verschluckt wurde.

Um seine Zukunft auch richtig festlegen zu können, kletterte er bis in die letzten Etagen der Häuser die mit rötlichen Fliesen ausgelegten Korridore hinauf. Alle oder fast alle hatten den passenden Vollschlüssel. Einer ist immer damit beauftragt, in der obersten Etage durch die offenen Türspalte in die kleinen ärmlichen Zimmer hineinzuschauen, als wolle er sich dort selbst erblicken, für Ordnung zu sorgen, auf Sauberkeit an der Wasserstelle zu achten und ob die Kohleeimer auch richtig vor die Tür gestellt wurden und das Klo gescheuert ist. Die Nachbarn würden sich über das laute Knarren des Bettes mit den großen Kupferkugeln an den Pfosten beschweren. Das Treppengeländer ist ein wenig klebrig. Schon hört man die Stimmen, die ihn hinter verschlossenen Türen kommentieren, es ist grotesk, sich vorzustellen, ihn »dabei« zu ertappen. Man wußte es doch genau, man hat noch nie ein Mädchen zu ihm hinaufkommen sehen. Die Fleischerin lächelt ihn an, während sie den Schinken tranchiert, sie weiß, mit wem sie es zu tun hat, und der Gemüsehändler wundert sich, daß er immer nur Äpfel kauft, und bitte nur von der dickeren Sorte. Äpfel müssen nämlich vom Stengel ab mit einem Messer so glatt wie möglich vom Kerngehäuse befreit werden, und zwar so, daß ein kegelförmiges Rohr in der Mitte entsteht. Alle könnten ins Zimmer schauen. Das Bett wäre sorgfältig gemacht, mit gepflegter Daunendecke, da war nichts daran auszusetzen. Die Kommode alt mit Marmorplatte, an der einen Ecke ein wenig abgeschlagen. Aufs Geratewohl wird die obere Schublade geöffnet: Man findet Fotos von sehr jungen, kaum bekleideten Sportlern, aus Zeitungen ausgeschnitten, und vielleicht eine ältere, ein wenig zerschundene, eingerissene Broschüre aus dem 19. Jahrhundert: »Zu kaufen bei H. Daragon, Verlag und Buchhandlung, 96, Rue Blanche, Paris IX, unter dem Titel: *Die Flagellation bei den Jesuiten (1759) – Historische Memoiren über den Orbilianismus.*« Auf dem Titelblatt ist ein Stich zu sehen, der einen Priester auf einer Kanzel darstellt, der in einem großen Saal die Züchtigung eines halbnackten Jünglings überwacht, der von einem andern Jüngling mit dem Siebenstriemer geschlagen wird, während ihm die Arme von einem anderen größeren und beleibten Schüler festgehalten werden, der auf einem schweren Holzstuhl sitzt, gegen den er lehnt.

Man las darin, daß große zwanzigjährige Schüler regelmäßig mit Hilfe eines Stuhls gezüchtigt wurden: »*Darauf hieß ich einen meiner kräftigsten und untersetzten Schüler setzen, der mir durch die Geschwindigkeit seines Gehorsams zeigte, wie sehr er gewillt war, meinen Freuden beizukommen. Man kann sich schwer vorstellen, wie sehr die ganze Apparatur dem Patienten imponierte. Kaum hatte ich ihn aufgerufen, stellte er sich von selbst, fast ohne Widerwillen, hinter diesen Stuhl und reichte dem Gehilfen seine Hände ... die Hose war von den Hüften bis zu den Knöcheln heruntergezogen, so bestand nicht die Gefahr, daß auch ein einziger Rutenschlag fehlginge.*« Etwas weiter unten fügte er hinzu: »*... aber sie waren alle so gefügig wie der Erste, mit dem der Tanz angefangen hatte. Ich kann jedoch nicht verheimlichen, daß manchmal, aber sehr selten, einige meiner größeren Schüler offenbar versuchten, ihre Hände freizubekommen während man sie auspeitschte ...*«

Es gab zu viele sprechende Einzelheiten, die alle auf kleine Katastrophen hinausliefen, das Waschbecken in seiner Mansarde lief über und verdarb die Decke der Wohnung eines bekannten Rechtsanwaltes unter ihm, oder der Wind schlug das Fenster zu und eine Glasscheibe fiel auf ein Kind, das gerade im Hof spielte, oder die Frau des Hausmeisters meinte, er lese ihre Briefe. Jetzt aber reichte es, man stieß seine Tür auf, ergriff ihn und schleppte ihn, so wie er war, in lasterhaftem Zustand, über die Korridore.

Eines Abends, er saß in der Küche des Waisenheims vor seinem Teller Maragarinekartoffeln, hatte er in der vor ihm liegenden, zusammengefalteten Zeitung in »Verschiedenes« von einem sehr jungen Mann gelesen, den man erhängt gefunden hatte, nackt, noch garniert, neben dem umgekippten Hocker, an dem sich die Peitsche verfangen hatte.

So schnell wie möglich mußte er seine Lebensart ändern, wenn er keine Unannehmlichkeiten haben wollte: Er wußte, was er unbedingt erreichen mußte: Kiefernmöbel, Reihenhaus, Beamter werden, der die Tochter des Metzgers heiratet, im Schaufenster würden seine Gedichtbände stehen. Zufälle gab es nicht. In einer Auslage hatte er den *Géranium ovipare* (*Die eierlegende Geranie*) von Georges Fourest gefunden, einen Gedichtband von Ende des 19. Jahrhunderts und darin gerade das Gedicht »Ein Leben« gelesen.

> *Und seit vierzig Jahren, wenn nicht mehr,*
> *Lebte dieser keusche Mensch in seiner sechsten*
> > *Etage.*
> *Und war bei den Weibern nicht sehr kühn,*
> *Masturbierte schamvoll jeden Dienstag*
> *Bei gelöschtem Licht: er starb jungfräulich,*
> *Ohne die Liebe der Haushälterin zu erahnen.*

III Begegnung

Seinen Mitschüler sah er hinter einem großen eisernen Gitterportal verschwinden, durch das man hinter einem schmalen Vorgarten eine größere Villa mit Marmortreppe und Rampe zu beiden Seiten erblickte. Arthur blieb dort einige Augenblicke stehen und versuchte, sich das Leben seines Mitschülers vorzustellen, wie seine Eltern aussahen, ob er Geschwister hatte.

Dann ging er in seine Bude zurück, durch die ganze kleine Stadt, deren baufällige Häuser seit Jahrhunderten dort standen und wie ältere, runzlige Leiber aussahen. Die Stadt wirkte etwas verbraucht, ärmlich, mit ihren grau oder grün angestrichenen Läden, mit den noch dreiteiligen Schaufenstern, weil man zu geizig war, sich größere Glasvitrinen zu leisten. Über den schrägen Hauptplatz huschten gebückte ältere Gestalten oder Ladenbesitzer, die in einem andern Geschäft etwas besorgen mußten, sonst war alles leer. Zur anderen Seite hin lag die Stadt wie ein Schiff auf hoher See, Heck gen Himmel gerichtet. In der Mitte stand der hohe viereckige Glockenturm der Kirche, mit ganz oben dem winzigen Häuschen des Glöckners, winzig klein, aber mit allem, was dazugehörte: Türgriff, Fensterladen und Dachrinne.

Den Mitschüler bewunderte er um so mehr, als er nicht nur wohlhabend wirkte, er trug feine Socken und Schuhe mit Kreppsohlen, rauchte ab und zu und besaß ein aufklappbares Feuerzeug, bei dem sich die Flamme von selbst entzündete, sondern auch, weil er so selbstsicher und ein wenig eitel auftrat. Die anderen mochten ihn nicht besonders, weil er sie mit halb geschlossenen Augen, mit ein wenig Verachtung betrachtete und ihn, Arthur, ganz besonders. Auch wollte er wissen, was es mit der Verachtung auf sich hatte, und wie es sich anfühlte, wenn man Gegenstand der Verachtung war, wie er selbst es war.

Es erinnerte ihn an die Zeit im Internat, als es immer einige gab, die sich ihrer Existenz ganz sicher waren, die ganz genau wußten, wie man so etwas macht, die ohne weiteres ganz einfach existierten, wohingegen er nur immer mit sich selbst zu tun hatte, alles von sich wußte und alles zum Glück für sich behielt. Dabei machte sich sein innerer Begleiter immer über ihn lustig.

Das Schlimmste war, gefahren zu werden, es war derart albern, sich selbst mit dabeizuhaben, daß er die wenigen Male, die er überhaupt irgendwo hingefahren worden war, in schallendes Gelächter ausgebrochen war, so daß die Mitreisenden sich angesprochen fühlten, dabei war es doch nur lächerlich, durch die Landschaft geschüttelt zu werden; es war grotesk, er selbst zu sein, er, der jahrelang jeden Abend ins Bett gemacht hatte und an nichts anderes dachte, als sich vollzufressen und sich, sobald er konnte, aus seiner Fehlgeburt und schändlichen Herkunft mit Lügen zu winden, denn, das hatte er immer schon geahnt, er gehörte zu denen, über die entschieden worden war, daß es sie nicht geben dürfe, die man jahrhundertelang niedergesäbelt, abgestochen, erwürgt, gebraten und geröstet hatte, die an der Wasserverschmutzung, am Wetter schuldig waren, die man, vor noch kaum zwei Jahren, waggonweise in den Tod befördert hatte.

Und er maßte sich an, wie alle anderen zu reden, sich in Unterhaltungen einzumischen, als ob es ihn überhaupt gebe, was ihn aber vor dem Größenwahn schützte, das waren dann die komischen Selbstbilder, die in ihm aufstiegen: wie er gerade auf dem Bett lag beim schändlichen Spiel mit sich selbst und daran dachte, wie der Schrank zusah. Vielleicht wäre das ein Ausweg gewesen, Möbelstück zum Draufsitzen zu werden oder Handtasche zum Mitnehmen. Vor allem wollte er die ununterbrochene Selbstfeststellung loswerden, als Kommode oder Schrank würde man bloß rumstehen und nichts mehr denken und nichts anderes mehr fühlen als das eigene Gewicht. Er aber, bloße Existenz, hatte sich immer dabei, fremd, und konnte sich selbst nicht abschütteln.

Nachdem er dem Mitschüler so nachgegangen war, machte er kehrt, und es war, als kippe die ganze Landschaft um. Wenn man so in die entgegengesetzte Richtung geht, ist es wie auf Reisen, auf demselben Weg zeigen sich zwei ganz unterschiedliche Schauspiele, dasselbe sieht auf dem Rückweg ganz anders aus, dasselbe Haus ist von der anderen Seite aus manchmal kaum zu erkennen und was links gestanden hatte, steht auf einmal rechts.

Wenn er über die breite, im Winter immer ein wenig feuchte Steintreppe des Schlosses hinaufging, zu seiner Bude, wartete er, damit er kein Waisenkind treffe, weil die sich immer über ihn lustig machten, ihn auf der Treppe nicht durchließen. Sie hatten sofort alles verstanden, von diesem schlaksigen Körper, den die anderen Erwachsenen nicht ernst nahmen, sie hatten schnell herausbekommen, daß er genau wie sie war, trotz des Anscheins, den er sich gab, genauso verköstigt wurde wie sie, daß er ein »unnützer Esser« war, genauso wie sie, der nicht irgendwo arbeitete, ein Faulenzer, und den man immer traf, wenn alle Erwachsenen mit etwas beschäftigt waren oder es eilig hatten. Sie hatten auch gehört, daß er beim Abitur durchgefallen sei. Sie hatten sich nach wenigen Tagen ein Liedchen ersonnen, das sie oft sangen, wenn er sich zu einem Spaziergang im Park aufmachte, den er, von dem unwiderstehlichen Drang getrieben, sich bemerkbar zu machen, immer nach dem Mittagessen unternahm, wenn die Kinder noch in der Pause waren, bevor sie in die Nachmittagsschule geschickt wurden. Es lautete:

Kellerlicht, Kellerlicht
Ist wirklich kein Licht
Kellerlicht, Kellerlicht
Den braucht man nicht.

Er ging an ihnen vorbei, steif mit nach vorne gerichtetem Blick, scheinbar gleichgültig, er tat, als ginge ihn das alles nichts an, als sei er nicht der, den sie meinten, als ginge er neben jemand anderem her. Er war es doch gar nicht, der da vorbeiging, aber in seinem Kopf steckten Mordlust und Gesten des Würgens. Die Waisenkinder, die wahrscheinlich nichts von der Bestimmung wußten, die ihnen noch einige Monate früher zuteil gewesen war, hatten sofort alles kapiert, daß er tatsächlich zu nichts gut war, daß man ihn ohne weiteres beseitigen könnte. Sofort hatten sie ihn richtig eingestuft, er gehörte, sie hatten es gleich geahnt, zu diesen Leuten, die wie die Dorfidioten oder die jungen Leute aus gutem Hause so harmlos aussahen, daß man sie unbestraft mit Steinen bewerfen oder ihnen mindestens *ätsche, ätsche* zurufen konnte.

Schon drei Tage nach seiner Ankunft, sobald er von einem der Waisenkinder, das ihn aus seiner Kammer kommen sah, gemeldet wurde, standen sie am Treppenabsatz Spalier und sangen ihm das Liedchen vor. Dies hatte sich schnell herumgesprochen, und seine Beschützerin hatte nur mit den Achseln gezuckt. Dabei wußten sie nicht einmal, was er abends in der Kammer machte, wie er da auf allen vieren robbte und stöhnte, sie hätten ihn nackt, wie er war, an den Haaren vom Bett zerren, ihn mit Brettern, in denen noch Nägel steckten, schlagen, ihn die Treppe hinunterschleifen und vor der Gartenrampe mit Füßen treten dürfen, und keiner, kein einziger Erwachsener wäre auch nur dazwischengesprungen. Und tatsächlich hatte man vom Erdgeschoß hinaufgeschaut, als die Kinder ihr Kellerlichtlied anstimmten, er hatte die Gardine gesehen, die zur Seite geschoben wurde.

Im zweiten Stock lag seine Mansarde, wo er »den Apfel praktizierte«, den dicken Golden Delicious, womöglich. »Vielleicht meinen Sie, man gebe Ihnen nicht genug zu essen, Sie!« Ein Großer hatte es ihm damals im Internat gezeigt.

Die Gerte versteckte er in der Dachrinne, die hätte der Wind hineingeweht. Da bummelte er also sein überflüssiges Leben ab, als »ewiger Student«, der Ende 1947 schon zweimal durchs Abitur gefallen war. Für den Apfel schlich er sich des Nachts in die Küche, um ein kleines Messer zu holen, davon gab es viele, und keiner würde es merken. Von seinem wenigen Taschengeld hatte er sich kein Taschenmesser gekauft, wozu auch, da er doch nie etwas mit den Händen machte, das sah man ihm doch an.

Wenige Tage übrigens nach seiner Ankunft, hatte man ihn ins Büro gerufen, ans Telefon, seine Beschützerin war am Apparat, er erkannte sofort ihre gepflegte Aussprache, sie sprach die Vokale immer so deutlich aus, sie war wie immer liebenswürdig und abschätzig zugleich und sagte ihm, er werde am nächsten Tag bei einem berühmten Kinderarzt erwartet, der sich besonders um Jünglinge kümmerte, der ihn untersuchen würde, sie hatte mit ihm geredet. Im Büro würde man ihm das nötige Geld für die Hin- und Rückfahrt aushändigen, sie selbst würde dann den Arzt bezahlen, er sei in der Rue de Lille, das war, soweit reichten schon seine Großstadtkenntnisse, eine Straße im Edelviertel, wo er sich von alleine vielleicht nicht hingetraut hätte.

Bedrückt stieg er in den Zug, mit einer Angst, wie er sie vor gar nicht so langer Zeit gespürt hatte, wenn er bestraft werden sollte. Ihm schwirrte der Kopf, weshalb denn gerade ein Kinderarzt, er war doch, neunzehnjährig, zwei Jahre vor der Volljährigkeit, nun kein Kind mehr. Was hatte das Internat seiner Kusine bloß erzählt? Wieder einmal empfand er das sonderbare Gefühl, etwas zu wissen, wovon die Mitreisenden nichts ahnten: Er saß mit anderen Menschen zusammen, unter denen es einen gab, der ganz gesund war und doch von einem Arzt untersucht werden sollte! Die ganze Fahrt über gab er sich den Anschein eines Reisenden, der sich die Landschaft ansieht und der doch wußte, daß es beim Arzt nur um seine Schuldhaftigkeit gehen würde.

Es war ein noble Treppe mit Statuen in den Nischen. Er klingelte an einer großen lackierten Doppeltür und eine Dame führte ihn in ein winziges Vorzimmer mit Sessel und einem Tischchen, wo auch ein Kleiderständer stand. An der Wand hing senkrecht ein schmaler Spiegel. Die Empfangsdame sagte ihm, er solle sich nackt ausziehen, die Socken könne er anbehalten, der Arzt würde ihn gleich empfangen. Es verwirrte ihn, sich so im Spiegel jungfräulich und schneeweiß zu sehen. Er mußte durch ein großräumiges, mit Teppich ausgelegtes Sprechzimmer mit drei großen Fenstern schreiten, eine Tür war angelehnt, er erkannte die Empfangsdame, man bat ihn, sich auf einer Liege auszustrecken, durch das Fenster sah er die Baumkronen sich im Winde bewegen. Der Arzt war nicht sehr alt und trug eine schwarze Hornbrille, er sah so aus, wie sich die schuldigen Knaben den Arzt vorstellen, der sie untersuchen soll. Der Arzt ließ seine feinen Finger langsam die glatten Lenden des Jünglings entlanggleiten und strich mehrmals über sie. Auf einmal aber fühlte sich Arthur Kellerlicht von der Scham befreit und sich in seiner Unreife nicht mehr bloßgestellt.

»Masturbieren Sie?« Er bekannte sich. Die Fragen aber wurden deutlicher: Ja, fast jeden Tag, und daß er sich nackt auszog in seiner Mansarde und es eine Stunde lang hinauszog, aber nicht gestand, daß er jedesmal liegenblieb, bis sich der Herzschlag beruhigt hatte, um dann wieder anzuheben, bis zum Aufschrei, den er nicht zurückhalten konnte. Er fürchtete, der Arzt würde ihn über das Internat ausfragen, seine Beschützerin hatte ihn bestimmt über alles unterrichtet, und, um sich dessen zu vergewissern, trieb der Arzt es langsam bis zum Äußersten, so daß der Jüngling aufschrie. Die

Dame hatte es bestimmt gehört, man ließ ihn aufstehen und sich vorbeugen, um zu überprüfen, was ihm gemeldet worden war, und der Arzt sagte ein wenig herablassend, daß man sich bei der Musterung heute nicht mehr darum kümmere, aber er besser daran täte, sich nach Mädchen umzusehen. Kellerlicht verstand, man wollte sicher sein, daß er sich nicht an Waisenkindern vergreife.

Auf der Rückfahrt ließ ihn die Frage nicht los: »Masturbieren Sie?« Der Arzt hatte es sich wohl vorgestellt, wie er so war, auf dem Bette liegend, sich selbst ausgeliefert, wie sein Streicheln immer raffinierter wurde, wie er sich seiner Phantasie hingab, wie es ihn auf den Gipfel der Wollust brachte, wie das Berühren der Vorhaut ihn sich aufbäumen ließ. Von den Landschaften und Waldlichtungen, die ihm dabei in den Sinn kamen, von den Inszenierungen, in denen er immer mitspielte, auf die Strafe wartend, wußte der Arzt nichts, auch nichts von den imaginären Begegnungen mit jungen Leuten, denen er sich auf Internatsböden auslieferte, er würde sich niederknien und sich andächtig anbieten, die ultimative Schande, für die es sich aber zu leben lohnte, die ihn vor der Verzweiflung und dem geistigen Untergang gerettet hatte, es war eine gotthafte plötzliche Erlösung, die er da entdeckt hatte. Alle Demütigungen und Erniedrigungen der Kindheit, die ununterbrochenen Strafen aller Art waren auf einmal dadurch aufgehoben worden, so daß die Jahre 1941 und 1942 völlig aus dem Gedächtnis ausradiert waren, er konnte sie nicht mehr zusammenbekommen, er erinnerte sich an nichts, nur an ein plötzliches, stummes Aufheulen. Was blieb, war die trostlose Trunkenheit des Heimwehs.

Die Erlösung entsprang seinem Selbstbild, wie er sich, unbekleidet, unter der Strafe wand. In seiner Mansarde ließ er sich selbst vortreten, stellte sich zur Rede und mußte sein Laster gestehen, und er erfand sich immer neue Raffinessen, so ließ er sich, wenn er sicher war, daß keiner auf dem Korridor war, an der eigenen Tür lange warten, bevor er sich hineinrief, wie damals im Internat, wenn er unter aller Augen vor der Tür des Strafzimmers zu warten und viermal anzuklopfen hatte, um zu zeigen, daß man für die Strafe um Einlaß bat. Vielleicht, und bei dem Gedanken lief es ihm kalt den Rücken herunter, hatten Empfangsdame und Arzt davon gewußt, denn so war es auch zum Empfang der Strafe gewesen: die Socken durfte er anbehalten. Aber die Gerte danach, aus eigener Hand, trieb ihm nie die ersehnten Tränen in die Augen und brachte ihn auch nicht zum erwünschten Schreien und Winseln und Bitten, mit dem er doch immer verstand, seine Erzieherin am Ende zu erweichen.

Die Waisenkinder durften nicht aus dem Vorgarten durch die Gartenpforte in den verlassenen riesigen Park, den er dann ganz für sich alleine hatte und wo die Scham nicht mehr von außen sichtbar war, er fühlte wie sie ihm auf Brusthöhe hing, schwer eher, aber auch wie eine Blase, als ob er sich mit der Radpumpe aufpumpen sollte, pumpen und pumpen, bis er riesig, wie ein Ballon in den Himmel aufsteigen, über das Schloß dahinfliegen würde, und von unten würden die Kinder ihn erstaunt betrachten, und ihn doch am dicken, schuldig prallen Hintern, der sich deutlich abzeichnen würde, erkennen, jeder würde die Bauchbinde an ihm lesen können: »ICH FUMMELE AN MIR SELBST HERUM«, wie er über den Oisefluß dahinschweben würde und die Lastwagen über die Brücke fahren sehen konnte, wie sie scharf abbiegen mußten, um die Einfahrt nicht zu verfehlen, wie er dann über das Felsenriff, auf dem die Altstadt lag, dahinflog, mit all den Dachfirsten unter sich, wie ihm die Luft aber allmählich ausgehen und er schließlich am Blitzableiter des Kirchturms aufgespießt, verschrumpelt hängen würde. Von weitem schon würde man die Feuerwehr kommen hören, die ihn mit der großen Drehleiter herunterholen würde, unter dem wiehernden Gelächter der ganzen, vor der Kirche versammelten Stadt.

Bei solchen Gelegenheiten, wenn er sich wieder einmal geschämt hatte, kam es ihm in den Sinn, wie er weder das eine noch das andere war, weder Maus noch Spatz, weder Deutscher noch Franzose, weder Christ noch Jude. Er hatte einen Ausländerausweis »Carte d'identité d'étranger privilégié«, als bevorzugter Ausländer. Man hatte ihn zur UNRRA geschickt, in die Rue Copernic, es war die *United Nations Rescue and Rehabilitation Administration*, die sich um Flüchtlinge und Exilierte aller Art kümmerte und ihnen vorläufige Papiere ausstellte. Er war hingegangen, ohne recht zu wissen, was er da sollte. Es saßen dort in einem grauen Gang mit kalter, schattenloser Beleuchtung ältere Menschen in abgenutzten Kleidern, an denen die Nähte geplatzt waren oder Pelzen, bei denen man die nackte Haut sah, Frauen mit zerknüllten Halstüchern oder zerschlissenen Pelzkragen saßen da und keiften, kahlköpfige Männer mit Pianistengesichtern schrien sich an. Ab und zu wurde ein Name gerufen, und jemand stand auf, dem alles herunterfiel, Papiere, Kartons, Halsketten, alles mögliche. Man sah ihnen an, in welchen Eßzimmern mit welchem Besteck sie einst gegessen hatten, man hörte die Gartenbäume rauschen, sie überlebten in Dachkammern mit Wasser am Gangende.

Alles, was ihm verboten gewesen war, wurde in ihm gegenwärtig, als ob eine Landschaft in eine andere kippen würde: eine Aussicht von Bäumen mit weißen Stämmen gesäumt, Berge hintereinander, blau ineinander verlaufend, Gewässer, die man überquerte, die so vertraute Bergstraße mit der plötzlichen Kurve, hinter der sich endlose Weiten eröffneten, und alles hatte immer wieder mit der Herkunft zu tun gehabt. Der Herkunft wegen hatte er von zu Hause, vor Jahren schon, wegmüssen.

Erst, wenn das Schloßgebäude außer Sicht war, konnte er wieder zu sich kommen und so tun, als wäre nichts gewesen, und konnte sich in die Landschaft hineinlassen. Die beiden Alleen des Parks waren von Platanen gesäumt, deren hellgrau-gelbe Stämme säulenartig einander folgten, sie waren verwachsen und überwuchert, seit Jahrzehnten war niemand mehr da entlanggegangen, und dennoch öffneten sich Perspektiven zwischen den Bäumen, in die Ebene, ein neuer Blick in die Weite. Eine lange, stellenweise verfallene Mauer umgab den ganzen Park, manchmal sah man hell das Gestrüpp durchschimmern. In der Mitte des Parks war ein rechteckiger Teich, ehemals für Karpfen, vom Schokoladenfabrikanten angelegt, auf der Wasseroberfläche lagen vom Sturm abgerissene Zweige und Äste ineinander verfangen, dazwischen hatten sich verfaulte Gräser und Schaumlachen angesammelt, die den Teich stellenweise mit einer runzeligen Haut überzogen, der ein beißend süßlicher Modergestank entstieg. Von den mächtigen Platanen, die den Teich umgaben, hingen Äste ins Wasser herunter, um sie herum bildeten sich Anhäufungen von welken Blättern, aber auch von Tieren, die in den Teich hineingesprungen waren, getäuscht vom Gras, das am Rand wuchs, die sich dann nicht mehr aus dem Ästeknäuel befreien konnten und an der Schleuse gefangen blieben, etwa Hasen, die unter der Oberfläche hin- und herbalancierten und deren grauweiß gewordene Haut unter der Oberfläche langsam verfaulte, und andere nicht mehr erkennbare Tierleichen. Das erste Mal, als er da vorbeiging, hatte er vor Schreck aufgeschrien und war fortgerannt, um dann, fasziniert, umzukehren. Mit einer Stange, die dort lag, hatte er in die Kadaver gestochen, und sie hatten sich um sich selbst gedreht, mit ausgestreckten Pfoten.

Der Teich floß durch eine kleine vergitterte Öffnung ab und bildete dann ein schmales Rinnsal, das hinter den Bäumen plötzlich in der Ummauerung verschwand und später in die Oise mündete.

Arthur wußte, daß die Waisen bald wieder zurück zur Nachmittagsschule gehen würden und er Freiraum hätte. Von weitem hörte er sich entfernendes Geraune. Er wartete noch einen Augenblick und ging dann zurück durch den Park, überquerte die große Rasenfläche vor dem Gebäude, vielleicht schaute gerade jemand aus den hohen Fenstern des Erdgeschosses und sah ihn und schmunzelte vielleicht. So ging er erhobenen Hauptes vorbei, festen und entschiedenen Schrittes, als sei er ein junger Gelehrter, der sich die benachbarte Abtei anschauen wollte, deren gotische Ruinen am anderen Ende des Parks unter wucherndem Efeu kaum noch sichtbar waren.

Es war ein halb verschütteter Kapitellsaal erhalten geblieben, für dessen Säulen er sich schon lange begeisterte, er hatte sich vorgenommen, zu deren Rettung überall hinzuschreiben, was er natürlich nicht getan hatte, da er nicht einmal wußte, an welche Obrigkeiten er sich wenden sollte. Ob er nicht selber irgendwelche Ausgrabungen unternehmen könnte, mit einer Schaufel, die er im Keller gesehen hatte? Vielleicht würde er Kapitellfragmente finden oder sogar irgendein Standbild aus dem Mittelalter oder vergessene Inschriften, und er würde sogar Artikel veröffentlichen, in wissenschaftlichen Zeitschriften, und ein bekannter Archäologe werden, vor allen Leuten würde er dann mit einem Blick die Funde datieren. Die großen Gelehrten aller Welt kämen dann zu ihm in sein Büro des Collège de France.

Aber jedesmal endeten solche Träumereien mit der Wirklichkeit, wie er, der er war, da so stand, den man ernährte und unterhielt, ein Faulpelz, und es war ihm dann, als wäre es das Beste, sich aus sich selbst herauszuschießen, »Feuer!«, eine Freßbombe, die, splitternackt, über alle Städte hageln würde. Er krümmte sich vor Scham bei dem Gedanken, daß ihn die Leute jeden Tag sahen, mit ihm redeten, ihn irgend etwas tun ließen, ihn riefen oder ihn baten mitzukommen, denen er beim Tragen half oder etwas brachte, die sich nach ihm umsahen, es lief ihm kalt den Rücken hinunter, wenn er daran dachte, wie sie sich ihn »dabei« vorstellten. Sie zogen ihn in Gedanken aus, wie er selbst es tat, nicht anders konnte, wenn er mit jemandem sprach, als ihn sich auf dem Thron sitzend vorzustellen oder an seine krause Behaarung, und er schüttelte sich vor Ekel. Wie waren denn die Menschen, wenn man sie nicht sah, wie sahen sie aus, wenn sie alleine waren?

Und damit man ihm seine Gedanken nicht ansah, tat er immer den Hilfsbereiten, der jedem immer zu Diensten stand und immer mehr machte, als von ihm erwartet wurde. Er trug, wenn er sah, daß etwas zu tragen war, älteren Damen nahm er die Taschen ab, und man bedankte sich, obwohl er damit doch nur sich selbst »abtrug«, er ließ sich auf Gewichtiges ein, je schwerer es war, desto mehr konnte er sich selbst aus den Augen verlieren und brauchte an nichts mehr als an das Gewichtige zu denken.

Noch vor gar nicht so langer Zeit im Internat war die Last, die er immer in der Brust mit sich trug, von ihm gewichen, wenn einer der Mitschüler sich auf sein Gesicht setzte, das vom Leib des anderen, von der lastenden Wärme umschlossen wurde, das verursachte in ihm eine besondere, beruhigende Empfindung: ein Verschwinden, als gehöre er nun in den Körper des anderen, der ihn überallhin mitnehmen würde, als würde er in ihm stecken, wie ein heimlicher Bewohner, und wenn dieser dann ging, würde er das Scheuern der Schenkel an seinen Wangen fühlen, weit oben über ihm würde er ihn reden hören, nur die Landschaften würde er nicht mitbekommen. Der andere, sein Gefäß, würde über ihn hinausragen, und beim Radfahren würde er unter sich das Sirren der Reifen auf dem Asphalt hören.

Für den Winter hatte ihm ein Wohltäter einen dicken Mantel aus Kamelhaar spendiert, ein beleibter Mann in zerknittertem petroleumblauen Anzug und mit einem langen amerikanischen Auto, das er selbst fuhr, er war Großhändler und wollte eingeladen werden, so kleidete er die Waisenkinder mit unverkauften Resten ein, alles der gleiche Schnitt, marineblaue Joppen, die nie richtig saßen und so neu waren, daß man sofort die uniformierten Waisenkinder erkannte, und viel zu kurze oder zu lange Hosen. Man konnte sie nicht ablehnen, sie waren doch geschenkt, eigentlich waren sie für solche Kinder zu schick, aber man sparte ja. Der Wohltäter war mit Kellerlichts Beschützerin im Schloß verabredet und saß mit gespreizten Beinen im Büro, als hätte er auch »das« spendiert.

»Kommen Sie doch zu mir in die Rue de Turenne ins Geschäft, da werden wir etwas für Sie finden.«

Die Beschützerin war gerade samt Chauffeur anwesend und nach wenigen Sekunden Bedenken, ob man ihn überhaupt mitnehmen könne, sagte sie, er könne mitfahren und gleich in die Rue de Turenne gehen. Ihm erstarrte das Blut in den Adern, denn wie jeder mittellose, an Sparsamkeit gewöhnte Kümmerling, erkannte er sofort die Lage und sah sich ohne einen Centime bei sich, den versprochenen Mantel auf dem Arm, durch die Straßen irren und sich durchfragen, und daß er mehr als einen ganzen Tag brauchen würde, um die mehr als dreißig Kilometer zurückzulegen, und da dieser Gedanke stärker als die Scham war, bedankte er sich mit gelogener Dankbarkeit und belegter Zunge und fragte:

»Aber wie komme ich dann zurück?«

»Bei dem vielen Taschengeld, das ich Dir zukommen lasse, wäre es doch sonderbar, wenn Du nicht mal die paar Francs für den Vorortszug hättest.«

»Aber liebe Tante, ich bekomme gar kein Taschengeld.«

Nach einigem Hin und Her ließ die Beschützerin

sich von dieser Tatsache überzeugen und gab ihm das Nötige und hieß ihn neben sich einsteigen. Zum ersten Mal saß er in einem breiten, geräumigen Auto, mit viel Platz zum Sitzen auf warmem, sich an den Körper schmiegenden Leder, mit Mahagoniverkleidung und ausklappbarem Mahagonitischchen. Eine andere Dame, auch eine Wohltäterin, war mitgefahren, so daß er nicht Rede und Antwort stehen mußte. Er fürchtete, seine Beschützerin würde Fragen stellen. Obgleich sie schon alles über ihn wußte, hatte es Telefonate gegeben, da man ihn im Internat mit einem anderen überrascht hatte.

Er wurde also durch die Landschaft kutschiert, an Dörfern, an grau verwaschenen Häusern vorbei, mit Gärtchen mit Lattenzaun, und durch sich lang hinziehende Vorstädte, wo immer jemand stand und dem vorbeifahrenden langen Wagen nachschaute. Am liebsten hätte er hinausgeschrien, daß er nicht dazugehöre, daß er kein Reicher sei, daß er zu ihnen, den armen Schluckern, gehöre, sich abends Pellkartoffeln aus dem Topf fische und sie mit heißer Margarine esse und nicht einmal einen Spiegel in seiner Bude hätte, und er in die Stadt hineinfahre, damit man ihm einen Wintermantel schenke.

Die Sache mit dem Taschengeld hatte alles Weitere auffliegen lassen, Herr Ratefil war nun einmal eine Kanaille und bereicherte sich auf »Kosten der Kinder«, wie es hieß, und Kellerlicht selbst hatte ihm geholfen, sein Material, seine Kartons zum Bahnhof zu bringen, und er hatte genau gewußt, daß da Lebensmittel drin waren, Sardinendosen, genau dieselben, wie sie die Kinder bekamen, auch Zucker- oder Margarinepakete.

Das Komitee war sehr besorgt und wußte nicht, wen es einstellen sollte, schließlich fand man eine ältere Jungfer, die jahrelang als Gesellschafterin bei einer Dame angestellt gewesen war, die man nirgendwo mehr einstellen konnte und die man loswerden wollte. Das kam wie gerufen, man brauchte kein schlechtes Gewissen zu haben, soweit man überhaupt eins hatte, und zugleich war man sich einer neuen Einladung bei der Frau Präsidentin sicher.

Natürlich wurde Arthur Kellerlicht zum Bahnhof geschickt, um sie abzuholen, es war ein kleiner, nur über eine Treppe zu erreichender Vorstadtbahnhof, hoch über der Straße gelegen, mit schmalen Bahnsteigen, an denen die Durchfahrtszüge vorbeirasten. Er stellte sich als Galionsfigur vor, am Lokomotivenkopf befestigt, wie man durch die Landschaft schnellte. Er erkannte sie sofort an der Art, wie sie den Kopf nach allen Richtungen drehte. Sie hieß Fräulein Merlet. Kaum hatte er sich vorgestellt, als er mit einem ununterbrochenen Wortschwall überfallen wurde. Daß sie, eine verlassene Frau, sich nun am Lebensende ohne irgendeine Rückversicherung in einer unbekannten Vorstadt ausgesetzt vorfand, das erfuhr er sofort. Sie jammerte, daß man sie nach Jahren der Hingabe einfach »weggeschmissen« habe, sie gingen zwischen den Schrebergärten entlang, die den Winkel der beiden ineinander mündenden

Bahndämme bildeten, und er trug den Koffer, hörte zu und hatte den geschenkten, schlecht geschnittenen Kamelhaarmantel an, der vorne zu kurz und hinten zu lang war.

Zu beiden Seiten der Brücke, die über die Oise führte, zeigte sich der gelbe Mantel der Öffentlichkeit, um so mehr, als er verhuscht getragen wurde, als ob derjenige, der ihn trug, glauben machen wollte, es sei niemand darin und schon gar nicht er, Arthur Kellerlicht, der mit dem, der da vorbeiging, eigentlich nichts zu tun hatte. Er tat, als kenne er den Betreffenden nicht, aber die Blicke der Passanten, die ihm entgegenkamen, durchbohrten ihn, er war sicher, daß man in ihm den nutzlosen Esser erkannte, den man behielt, weil man nicht wußte, wohin mit ihm. Einzig die Landschaft wußte nichts von ihm.

Und wieder einmal hatte er sich beim entsetzlichen Er-selbst-Sein ertappt, hatte sich plötzlich beim Sitzen erwischt und dabei, wie er fast um Verzeihung bittet, sich selbst gesehen zu haben, es krümmt sich einem der Rücken vor Scham. Diese Selbstschau und das Grauen des Selbstbewußtseins sind so lächerlich düster, daß sich einem der ganze Körper schüttelt. Sich selbst beim Man-selbst-Sein zu ertappen ist doch die letztendliche Wirklichkeit, durch die hindurch man alles wahrnimmt.

Erst, wenn er ein Taschengeld bekommen hatte und nach Paris fahren konnte, wurde er sich ein wenig los.

Er war an der Seine entlanggegangen, windig und schon wie ein Meer mit den zwischen den Häuserfronten schwebenden und kreischenden Möwen. Auf dem anderen Ufer, dem Quai der Île de la Cité entlang, standen die hohen Platanen wie ein Waldsaum. Er ging die kurzen Stufen zur Pont des Arts hinauf und blickte von da auf die an ein Heck erinnernde Spitze der Insel zwischen den beiden Stromarmen. Weiter links vom Strom standen zwei gleich schmale, ein wenig steife, niedrige, aber palastartige Gebäude, die sich zu beiden Seiten in einer nicht sehr hohen, goldgestreiften Kuppel auszubreiten schienen, als gäbe diese Zutritt zu Paris. Beide Flügel bildeten einen Halbkreis mit je sechs Fenstern. Er hatte es sofort erkannt, es war die Académie Française, die so mir nichts, dir nichts einfach am Trottoir stand, wie für jeden zugänglich, nicht einmal sehr imponierend, nichts Niederdrückendes daran. Da also gingen die Berühmtheiten ein und aus, dabei waren sie doch wie alle anderen, wer sie nicht kannte, konnte sie nicht erkennen, sie gingen auch zum Bäcker oder holten sich die Zeitung. Er ging das Treppchen der Pont des Arts hinauf, um das Gefühl zu spüren, das vielleicht eine Berühmtheit spürte, er wartete einen Augenblick, vielleicht würde er eine Größe erkennen, die gerade zuvor in ihrem Wohnpalast an der Seine mit dem Brieföffner, der dem Herzog von Saint-Simon gehört hatte, den Bittbrief eines jungen mittellosen Poeten geöffnet hatte.

Unterhalb floß die Seine, das Wasser, das er betrachtete, würde einige Tage später ins Meer fließen, in den

Kanal, der zur Nordsee gehörte, an der, viel weiter im Norden, Hamburg lag, die Stadt seiner Kindheit, deren Türme sich hellblau vor dem Himmelsgrund abhoben. Am Quai de la Mégisserie standen vor den Schaufenstern der Läden Käfige mit Vögeln, Hamstern, Kröten, und man fragte sich, ob ihre Augen – Tiere wie Menschen hatten doch zwei Augen – nicht von einer unendlich stummen Traurigkeit erfüllt waren.

Für einen Augenblick setzte er sich auf eine der vier Steinbänke im viereckigen Hof des Louvre, la Cour Carrée, wie er hieß. Es war sonderbar, ruhig wie in einem Kloster, um ihn herum standen die riesigen, gefensterten Palastmauern aus angeschwärztem gelblichen Sandstein, da hatten die Könige Frankreichs gelebt und Tausende von Höflingen waren da durchgegangen, hatten sich aufgehalten, Pferdewagen waren durch die vier Tore gefahren, es war, als ob alle Geräusche, die tausenden Stimmen, noch irgendwo in der Luft hingen mit ihrer Todesangst oder Hungersnot, mit Liebesleid oder Freude, man hörte noch das Stöhnen und Brüllen der Gefolterten, das Hecheln der Kranken, alle Klänge, alle Stimmen der Geschichte standen unhörbar, aber doch irgendwie präsent in der Luft, es strömten Gerüche von den Königsbraten in den Hof, es roch nach Pisse, nach Verwesung, und die vielen Farben der Kleider und Uniformen schienen zu leuchten. Alles Vergangene war gegenwärtig, »eingefroren«, wie Rabelais meint. Er saß da, in diesem ockerfarbenen Viereck, eine von Menschen gebaute Landschaft, hinter der sich die Tuilerien ausbreiteten, weltgroß, in der Ferne rauschten die Baumreihen, die zur Concorde führten, ein künstlich bepflanzter, schütterer Wald mit Blickfluchten, die wieder andere Blicke auf Straßenfluchten freigaben.

Entlang des Tuileriengartens floß die immer breiter werdende Seine, man fühlte die Weite, die einen umgab. Der Garten war zu beiden Seiten von Terrassen gesäumt, zu denen hinter einem Mauereingang Treppen führten, deren eine an der Rue de Rivoli lag. Die Fassaden säumten den Garten auf der einen Seite, auf der anderen war die Flußseite, dort ging er entlang. Da standen vereinzelt Männer an die Brüstung gelehnt, einige von ihnen schlenderten langsam, manchmal zu zweit, dahin, es verwirrte ihn, wie sie ihn anschauten und mit dem Blick verfolgten, es zog ihn zu ihnen hin, und wenn er so in ihrer Nähe ging, traf sein Blick immer das, was ihn an den Statuen des Louvre so erregt hatte, und jeder ließ es sehen in der besonders enganliegenden Sommerhose, eine Hand mit hervortretenden Knöcheln griff manchmal danach und umspielte es mit langsamen Gesten und streckte sich ihm, der zu jeder leiblichen Unterwerfung bereit war, immer freier im Kopf mit klaren Gedanken, entgegen, damit ihm die Erregung nicht entginge.

Der Aufseher im Internat hatte es ihm erzählt, es gäbe in Paris Stellen, wo Männer auf Jünglinge warteten, und er solle unbedingt aufpassen, daß er sich nicht ohne weiteres mitnehmen lasse, und daß er jedesmal mit einem »Männerschutz« versehen sein sollte, und da es ihm doch anscheinend um anderes ging, immer aufpassen solle, daß sein »Partner« einen habe. Und wie beiläufig fügte er hinzu, er werde in einiger Zeit eine Stelle als Erzieher in einem strengen Erziehungsheim in der Pariser Gegend antreten.

Er würde »es« nie mit solchen machen, und vor Mädchen hatte er Angst, bei ihnen sei es auch ganz schwarz, dicht und kraus unten am Bauch, er hatte es zufällig einmal gesehen. Es war sonderbar, wie er immer junge Männer anschaute, wie gerne er sich ihnen unterworfen hätte, er stellte sich vor, gefesselt und irgendwo abgeliefert und ausgestellt zu werden, man würde sich an seiner jungfräulichen Nacktheit ergötzen.

Aber zugleich kam ihm das Entsetzen, er könne mitgenommen und ermordet werden, oder man wolle seine reiche Kusine um Geld erpressen, oder er käme in irgendeine Spelunke, wo man ihn von einem zum anderen reichen würde, und bei dem Gedanken, wie sie wohl stinken würden, schüttelte er sich vor Ekel, vor Abscheu, es trat ihm vor allem die schwarze Behaarung vor die Augen, kraus, buschig, vielleicht sogar mit Schweißtropfen, die an dem einen oder anderen Haar entlang glitten, hart wie Pferdehaar. Er blieb stehen, schloß die Augen, hielt sich die Ohren zu und lief weg bei dem Gedanken daran. Diese Männer, das wußte er, hatten so etwas an sich, pelzig schwarz, der Aufseher hatte es nicht gehabt, kaum sichtbar blond und fein. Er fühlte sich schuldig und lächerlich, der Schande ergeben, lebensunwürdig, wie ihm doch vor gar nicht so langer Zeit zu verstehen gegeben worden war. Derartige Gewohnheiten und dabei sogar Anspruch auf Berühmtheit!

Er hatte das Ende der Terrasse erreicht und ging nun die Treppe herunter zur anderen gegenüberliegenden Terrasse, wo das Museum, das Jeu de Paume, stand. Er war stolz, eine Eintrittskarte zu lösen, wie jeder andere Besucher auch, ohne daß man ihn überhaupt zur Rede stellte und ihn fragte, was er denn da zu suchen hätte, er ging mit den anderen Besuchern einher, einige Damen mit Hutschleier oder Herren in Anzügen und zwei oder drei jüngere Leute, die sich Notizen machten.

Er war schon einmal in jenem Museum gewesen, wo die französischen Landschaftsmaler von Ende des 19. Jahrhunderts hingen, die Impressionisten, er war hingefahren, weil der Direktor ihm einen entwendeten Packen Sardinendosen mitgegeben hatte, den er in einem verräucherten Hinterhof der Rue des Écouffes hatte abgeben sollen: Ölsardinen waren damals noch eine wertvolle Ware, »so können Sie sich ein wenig in Paris umsehen«, hatte er ihm gesagt, »ich spendiere Ihnen die Fahrt«, als ob er sie noch dazu hätte selbst bezahlen sollen, und so war er Komplize geworden dieses alten Schurken, der die Waisenkinder um ihre Nahrung betrog. Arthur hatte es sofort kapiert, hatte aber den Unwissenden gespielt.

Da hingen nun die Gemälde der Maler, über die der Zeichenlehrer der Philosophieklasse so anregend gesprochen hatte, sie hatten alle ihre Staffeleien mitten in die Landschaft gepflanzt, wie es auch sein eigener Vater getan hatte, an den Bildern, so war es ihm, roch er noch den Terpentingeruch von damals. Auf den Bildern sah man das Wasser fließen, die Farben am Horizont ineinandergehen, man war zugleich in der Wirklichkeit, man spürte sie am eigenen Körper zerren, es war, als erkenne man die Landschaft und erlebe sie wieder. Zugleich war es Malerei, die Maler hießen Alfred Sisley, Camille Pissarro oder auch Paul Cézanne, aber letzterer hatte ganz anders, mehr von innen der Landschaft, ihrem Aufbau heraus gemalt, als die Lichtreflexe und die sich im Laufe eines Tages verändernden Farben zu malen, wie es die anderen Maler taten. In deren Bildern sah man sich ohne weiteres zum Spaziergang aufbrechen oder sich ans Geländer lehnen, um das Wasser vor sich hinschwappen zu sehen.

Es war rätselhaft, gleichzeitig in einem großen fensterlosen Saal zu stehen und auf den Bildern so vertraute Landschaften zu erkennen, als stünde man mittendrin, wie vor den hohen senkrechten Pappeln von Cézanne, ein wenig unterhalb von Pontoise, ein stehendes Rauschen, das den ganzen Körper ausfüllte, die Senkrechte verlief in abgerundeten grünen Formen, um in die Linien der Wiesen überzugehen, die man am Rand des Bildes sich ausbreiten sah.

Und dann gab es weite, luftige Landschaften, Erntebilder, auf denen man die Sommerhitze wabern sah, und er stellte sich vor, wie er da im aufgeknöpften Hemd unter dem Baum lag. Auf einem Gemälde von

Monet sah man ein hellviolett-graues Dach, das in die Frühlingslandschaft hineinleuchtete, und auf anderen Landstraßen im Winter, von Bäumen gesäumt, auf denen der Schnee an den Rändern verging.

Lange blieb er vor einem Gemälde von Alfred Sisley aus dem Jahre 1876 stehen, das ihn gleich fasziniert hatte, es stellte die *Überschwemmung in Port-Marly* dar. Zur Linken steht ein Eckhaus, ein Café unten, der Sockel ockergelb, darüber ein cremefarbenes Stockwerk und darüber ein schieferblaues ins Dunkelbraun verlaufendes Krüppelwalmdach, zwei hellblau den Himmel widerspiegelnde Mansardenfenster sind geöffnet, darüber ragen zwei backsteinrote Schornsteine, auf der cremegelben Mauer ist die halb verblaßte Inschrift NICOLAS zu lesen und auf dem unteren Teil in kleineren Buchstaben LE FRANC, die Tür im violetten Untersatz ist zum Wasser hin geöffnet, das das Haus, alles bis in die Ferne überschwemmt. Man sieht die im Wasser stehenden herbstlichen Baumreihen und die Boote auf der Straßenlinie. Das alles liegt unter einem weiten, reiselustigen blauen Himmel, an dem Wolken dahintraben. Es war so lebendig schön, daß man gar nicht an Unglück denken konnte, und man selbst gern in den Straßen Boot gefahren wäre.

Noch mehrere andere Bilder stellten Pontoise und die nächste Umgebung dar, von Cézanne *L'Hermitage*, auf dem Arthur Kellerlicht auch alles wiederkannte, aber vor allem ließ er sich von der Exaktheit der Farben und Linien vereinnahmen, die das Bild begehbar erscheinen ließen, in dem man sich aufhalten, im Garten sitzen konnte, zwischen den aneinandergereihten Häusern, die das Plateau erklommen. Er nahm sich vor, die Stelle aufzusuchen, um sie zu vergleichen oder anders, um sie auf andere Art neu zu empfinden.

Es war aber auch, als ob die Zeiten die Landschaften verwandelt hätten, als ob die Gegend um Pontoise, die er nun so gut kannte, wie ein letztes Mal zusammengerafft worden war, vor ihrem endgültigen Verschwinden dalag. Es waren Zeiten des Weltenendes, was geschehen war, war so ungeheuer, das Menschenvergasen, das Menschenatomisieren, so daß bestimmt auch die Landschaft ausgehöhlt worden war, und nur, wie aus Gewohnheit, noch kurz zusammenhielt, bevor sie einstürzen würde. Es lag etwas Unwiederbringliches in diesen kleinen Tälern, auf den Hohlwegen und Dorfdächern, in diesen Hecken und Wiesen, es war als hielte alles den Atem an.

Auf den schmalen einspurigen Landwegen, mit dem Grasstreifen in der Mitte, fuhren zu irgendeinem Bauwerk ungeheuer große amerikanische Lastwagen, die die Umgebung verschluckten. Bald würde es nichts mehr von der bekannten Welt geben, an deren Rand doch das Entsetzen geschehen war. In der Ferne, die aber nicht unerreichbar war und wie jeder andere Ort am Horizont lag, hatte es das Sterben gegeben, übereinander gelagert, in niedrigen Holzbaracken, ein Bild, das, einmal gesehen, sich für immer ins Gedächtnis eingraviert hatte. Es wurde dort gestorben, während er, beschützt, in der ruhigen Küche des Bauern saß und den Untergang der Sonne bewundern konnte. Dieses Sterben fraß sich allmählich durch, und schon jetzt war die Landschaft davon wie gelähmt.

Als die Galerie um fünf schloß, war er einen Augenblick wie verloren gewesen, so sehr war er in die ausgestellten Landschaften hineingewandert, hatte sich am Ufer der Seine, unter den hohen Pappeln ins Gras gelegt und dem Rauschen der Blätter zugehört und sich am Handlauf der Brücke aufgestützt. Er ging die steinerne Treppe hinunter, die zur Rue de Rivoli führt, als werde er zum Louvre zurück von den Standbildern angezogen, seinen fleischlichen Träumereien von neuem ergeben, wo er es so deutlich und unverhohlen gesehen hatte.

Unter den Arkaden folgte eine Souvenirboutique der anderen, man konnte dort kleine bronzene Notre-Dames oder Eiffeltürme oder auch Sacré-Cœurs kaufen, es kam ihm der Duomo von Florenz wieder in den Sinn, den sein großer Bruder ihm damals von seinem geringen Taschengeld gekauft und nach dem er sich so sehr gesehnt hatte, in einem Zimmer standen die Weihnachtsgeschenke, und es war seltsam, Weihnachten unter der Sonne Italiens mit schneelosen und immergrünen Bäumen zu feiern; unter den Päckchen hatte er sofort die Form des Modell-Duomo erkannt, der schwer einzuwickeln gewesen sein mußte, er hatte die Form des Campanile und der Kuppel erkannt, und er schämte sich, schon alles im voraus gewußt zu haben, er hatte seinen Bruder verraten und sich nicht richtig auf das schöne Geschenk freuen können. Er hatte gewußt, daß er nur ein Spielverderber, ein Verräter war.

Die Arkaden der Rue de Rivoli, eine nach der anderen, ließen in ihm plötzlich Erinnerungsschwaden aufkommen. Allmählich war er wieder auf Höhe des Louvre mit den erregten Generälen, und es kamen ihm die wartenden Männer auf der Terrasse der Tuilerien wieder in den Sinn, ein Schauer durchlief ihn, obgleich er wußte, daß er keiner von denen war, und es kam ihm seine zukünftige Frau wieder in den Sinn, die bestimmt irgendwo schon wartete, vielleicht gar in Paris. Keiner wußte das Geringste vom anderen, und doch kamen sie sich in jeder Sekunde immer näher, er wußte, daß er auch Kinder haben würde, das wußte er mit aller Bestimmtheit, vielleicht mit einem Mädchen, der er genügen würde, der doch in dieser Beziehung nicht sehr entwickelt war.

Aufwallungen kamen ihm fast nur, wenn er an das Internat dachte, an seine Unterwerfungen, er, der doch stets nur rebellierte, der sich körperlich aber jedem gefügig zeigte. Er mußte an die Strafen, das Herunterstreifen der Hose, die Bangigkeit, den atemberaubenden Schmerz denken und dann, wie in einem Taumel, an das große Wunder, eher als an Mädchen, damit es ihm komme.

Plötzlich blieb er vor einem Schaufenster stehen, in dem, unerwartet, eine übergroße Photographie ausgestellt war, als Hintergrund für eine Auslage von Leder-waren. Das Photo stellte den Montparnasse-Bahnhof in Queransicht dar, man sah die zwei Giebelfronten der hohen Bahnhofshalle, aus der eine ganze Lokomotive samt Tender (Dampflokomotive) heraushing, und einen Postwagen mit offener Tür auf die Straße fahren, Zylin-der und Kolben der Lokomotive waren abgebrochen, sonst war alles wie bei einer gewöhnlichen Lokomo-tive: Schornstein, Dampfkessel, Wasserkasten, Kessel-verkleidung, alles da, auf einem kleinen gußeisernen Schild war sogar die Nummer 221 zu sehen, Schwin-gen, Räder, alles war dran, nur daß sie eben in der Luft aus dem riesigen Glasfenster hing, am Giebeltürmchen stand die Uhr auf zehn vor elf, zur Linken sah man die Inschrift *Café* und in der Mitte, sorgfältig in den Stein gemeißelt, *Chemin de fer de l'Ouest.* Das Foto war so scharf, daß man sogar manche Unregelmäßigkeiten der Pflastersteine sehen konnte. Auf dem Passepartout stand: »*L'accident de la Gare Montparnasse, le 22 oc-tobre 1895.*« (»Der Unfall des Montparnassebahnhofs, am 22. 10. 1895.«)

Es war sonderbar, ein erstarrtes »Jetzt« vor sich zu haben, es sogar mitnehmen, in die Tasche stecken zu können.

In einem braunviolett gefärbtem Portfolio hatte er auch solche Photographien aus der Vergangenheit, aber die durfte er lieber nicht anschauen, sonst bekäme er einen Knoten in der Kehle, der ihm die Luft nahm, es war alles darauf, die Mutter, der Wald, die Holzscheite im Hintergrund, genau wie es gewesen war, und doch war es nicht mehr, man hatte da einen Augenblick in seiner Wirklichkeit, über den man mit der Hand fahren konnte, aber er war trotz der Wolken und dem Gras unwiederbringlich, auf dem Photo gab es diese Wirklichkeit noch, und doch war man von ihr unwiderruflich getrennt.

IV Schatten

Es wurde der unbewegliche Sommer des Jahres 1947, der sich schattenlos immer gleich blieb, ein weiß-heller Himmel über einer trockenen, tags und nachts nicht nachlassenden Hitze, unter der man nur noch stupide, ziellos dahingehen konnte. Die Landschaft war wie verglast unter der lastenden Hitze, von morgens bis abends war das Licht gleich fahl, man wußte nicht mehr, was man mit sich anfangen sollte, erstarrt wie man war in der kompakten Unzulänglichkeit des unter der Hitze verdummten Selbst.

Die Waisenkinder, jetzt vor allem, da es doch Sommer war und sie nicht mehr zur Schule gingen, machten sich weiterhin über ihn lustig. Am Ende des Korridors stand immer einer, der, sobald er aus seiner Bude herauskam, es den anderen meldete, und die standen dann Spalier und sangen ihr Liedchen vor der Haustür, wenn er zu seiner Runde durch den Park losging. Er konnte noch so tun, jeder wußte, daß er gemeint war, da das Liedchen doch seinen Namen trug, er ging dann immer steif, majestätisch an ihnen vorbei und spielte den

Großzügigen, dabei war es ihm, als trüge er einen Schrank in sich, mit offenen Türen, in dem man sich nicht einmal verstecken konnte, und er sah sich eins der Waisenkinder wie ein Stück Holz auf seinem Knie entzweibrechen. Mordlust fühlte er in den Oberarmen, ihm fehlte nur die Axt.

Immer hatte er eine bestimmte Strecke zu durchqueren, bis die Kinder ihm nicht mehr folgten, und er sie hinter den Bäumen nicht mehr sehen konnte. Erst dann konnte er frei atmen und sich in sich selbst ausbreiten. Aber nach und nach hatten die Kinder von ihm abgelassen und etwas anderes gefunden, Interessanteres. Vielleicht waren sie zu sehr mit diesem unverständlichen, reglosen Sommer ohne Schatten befaßt, sie spielten nur noch langsam und immer brachen sie plötzlich ab und drehten den Kopf, als suchten sie etwas.

Fräulein Merlet, so hieß die neue Direktorin, stand spät auf und ließ sich gern bedienen, sie hatte aus Arthur, ohne daß er es recht merkte, eine Art Herzensdiener gemacht. Sie war noch nicht wirklich alt und hatte eine glatte Haut, die sie manchmal auch gern sehen ließ; sie erfand kleine Gefälligkeiten, Zigaretten mit vergoldetem Mundstück, für die er extra nach Pontoise gehen mußte. Auf der Brücke blieb er dann lange stehen und sah sich die die Oise hinunterfahrenden Motorkähne an, richtige Wohnhäuser mit Gardinen und Blumentöpfen, die einfach so auf dem Wasser entlangfuhren in

Begleitung aufgehängte Fahrräder, und manchmal, er kam nicht aus dem Staunen heraus, einem Auto auf dem Schanzkleid.

Die neue Direktorin aß zu Mittag mit dem Aufsichtspersonal, im engen, gekachelten Durchgang, und ließ sich ihren Kaffee von Arthur auf einem Tablett ins Büro bringen, wo er sie unterhalten mußte. Da sie natürlich von seiner Verwandtschaft wußte, wollte sie ihn vielleicht für sich gewinnen, wer konnte wissen, welchen Einfluß er hatte, vielleicht war er dazu da, um alles nach oben zu melden.

Sehr schnell hatte er es sich angewöhnt, ihr Vorträge zu halten, mit definitiven Ansichten über die Zeitläufe und die Zukunft der Welt, vor allem aber über Dichtung und literarische Theorien, über Kreativität, deren Intensität von niemandem sonst erreicht werden, von keinem noch so großen Werk eingeholt werden könne.

»Schauen Sie sich doch bloß Cézanne an, sein ganzes Leben, und das macht gerade sein Genie aus, hat er rastlos immer weiter gemalt, immer tiefer ist er in das Wesen der Dinge vorgedrungen, ohne jemals den Kern zu finden, der sich jedesmal, je näher er ihm kam, desto mehr entfernte. Ich begleite Sie gern einmal ins Jeu de Paume.«

Und er mußte ihr erklären, daß da keine Paume, also kein Tennis gespielt werde, sondern daß es der Name des Museums war, beinahe hätte er sich geschämt, mehr zu wissen als sie. Sie ließ es gern gelten.

Immer wollte sie etwas von ihm, und da sie auf bestem Fuß mit dem Komitee stehen, angesehen werden und sich dort eine Dauerstelle verschaffen wollte, hatte sie sich in den Kopf gesetzt, auch »Wohltäterin« zu sein und zum Wohlsein der Waisenkinder beizutragen. Sie hatte es sich überlegt und ihren Bruder hinzugezogen, der früher ein Bekleidungsgeschäft geführt hatte, und auf dessen Dachboden noch alte Klamotten lagen, die ließ sie sich per Bahn schicken und nahm Arthur mit, sie abzuholen.

Vom alten Hausmeister des Heims ließ er sich einen kleinen Handwagen geben, den er hinter sich her über die Brücke zog, vor Wut über sich selbst berstend, daß er so feige war, sie nicht abgewimmelt zu haben, wie es sich gehört hätte, sich wie ein Diener behandeln ließ, denn sie ging ihm voran, sich brüstend, und drehte sich um, als gebe sie ihm Anweisungen, bis er ihr auf einmal zuschrie: »Sie könnten wenigstens neben mir gehen!«, was sie dann, plötzlich eingeschüchtert, auch tat. Sie schaute ihn an, und auf einmal erschien hinter dem Gesicht der Frau ein ganz anderes Gesicht, ein bestürztes, und doch war es dasselbe, als gäbe es ein unsichtbares Gefühlsgesicht, welches, nur verdeckt, eigentlich das wirkliche war, als gäbe es hinter jedem Gesicht dieses andere, wahre, noch irgendwo gegenwärtige Gesicht, wie eine Sehnsucht.

Am Bahnhof lud man ihnen die Kleiderballen auf, und da traf er natürlich auf ein paar Bekannte, vor denen er sich schämte und sofort betonte, er sei da nur zur

Aushilfe. Im Verkehr, auf der Brücke wurde er vom Auto aus, von auf das Wagenfenster Aufgestützten, angeschaut. Manche hatten den bekannten, filternden Blick, der vor den Unsicherheiten des Lebens schützte, andere wiederum den: Das habe ich auch mal gemacht, aber jetzt geht es mir gut. Auch ein Klassenkamerad kam ihm entgegen, der schon im Medizinstudium war und sich freundlich wunderte. Kellerlicht schob, so schnell er konnte, in der Hoffnung auf den unbefahrenen Nebenweg einbiegen zu können, damit er die Ziege hinter sich los würde, und noch bevor er sich fragen konnte, woher es angerollt war, überholte ihn ein kleines Rad mit Gummifelge, und das Wägelchen kenterte samt Kleidungsstücken, die sich allesamt auf der Chaussee auffächerten und mit Schwung einen kleinen farbigen Halbkreis bildeten.

Er versuchte mit Merlet die Kleidungstücke zurück auf das Wägelchen zu stapeln, nachdem er das Rad wieder auf die Achse gesetzt hatte, immer wieder glitt eine Hose oder eine Jacke vom Stapel herunter, und immer kam ihnen jemand entgegen, der ihn kannte. Am liebsten hätte er sie geschlagen, er fühlte eine solche Wucht im Oberarm, daß er sie mit einem Schlag bestimmt getötet hätte. Der Haß stand in ihm wie eine Festung, ein Zementkubus.

»Das alles Ihretwegen, und ich mache mich lächerlich«, und er hörte nicht mehr auf, sie zu beleidigen und mit kehliger Stimme zu keifen, dabei fand er sofort die tötenden Worte, die genau da trafen, wo es besonders weh tat: »Sie sind doch nur eine Niete. Meine Kusine beherbergt Sie aus reinem Mitleid – lange werden Sie nicht bleiben, Sie können doch kaum richtig lesen.«

Und immer wieder glitt ihm ein Kleidungsstück aus den Armen und fiel auf die Straße, und die Passanten taten so, als hätten sie nichts gesehen. Er schob den Handwagen bis vor die Tür des Waisenhauses und ließ ihn dort stehen.

Sie, Merlet, sah ihn an, und er erschrak vor dem Ausdruck in ihrem Gesicht, vor den geweiteten Augen und dem vor Zorn leicht zitternden Mund. Und wieder einmal war die Gnade nicht mit ihm gewesen. Denn die Gnade zeigt die Grenze genau an, hat man sie überschritten, ist es zu spät. Wieder einmal hatte er sich an einem Menschen vergangen, dabei war er es gewesen, der ihr zuvorgekommen war, sich angeboten hatte, worum keiner gebeten hatte. Und wieder einmal war es zu spät.

Vielleicht würde er sie am Abend um Verzeihung bitten, aber es war nicht mehr rückgängig zu machen, nur ein ganz kurzer Augenblick, und schon waren die Verleumdungen für immer da, er konnte sie nicht ungeschehen machen, beide würden sich daran erinnern, davon wissen, es in sich haben, es würde dem einen oder der anderen ganz unversehens hochkommen, ohne Grund, plötzlich, es würde immer da sein, zwar als ein ganz winziges Ereignis, aber er hatte einer ihm kaum bekannten Frau weh getan. Er war ein Böser, denn ihm kam immer sofort das falsche Wort aus dem Mund geschossen, mit dem er am meisten verwunden konnte, als sei in ihm tatsächlich etwas Böses, das im vorhinein schon alle Strafen gerechtfertigt hatte.

Des Abends dann, bevor er überhaupt Zeit gehabt hatte, sie anzusprechen, irgendwie um Frieden zu stiften, schlug sie ihm vor, in die Konditorei der Stadt zu gehen, sie wolle ihn einladen. Er bedankte sich kurz, aber fand nicht die Worte zur Entschuldigung, er war zu sehr an den Wortschwall der Zurücksetzung und des Zorns gewöhnt, als daß er es anders zu sagen wußte.

Und am Nachmittag, sie hatte sich beurlauben können, eine Aufseherin thronte im Büro, sah man sie beide über die Brücke gehen, sie im Sommerkleid und er in der vom Wohltäter spendierten zu großen Sonntagsjakke, deren Ärmel ihm über die Handgelenke reichten. Sie gingen in der Stadt in eine Konditorei, wo wieder zufällig einer seiner ehemaligen Klassenkameraden mit Mutter und Familie saß, Carnier hieß er, der ihn ansprach, nachdem man einander begrüßt hatte. Man setzte sich an einen runden Tisch mit Glasplatte und Tischdecke, auf vergoldeten Stühlen, die an Palast, an Versailles erinnerten, nicht weit entfernt von der Theke, an welcher sie ihn einlud, sich etwas auszusuchen, er wollte sich bescheiden zeigen, und Kuchen schmeckte ihm nicht so gut wie Salziges.

Er wählte einen Mohrenkopf aus, sie aber bestellte ihm zwei dazu und fand es nicht genug, sie sagte, sie sei ihm verpflichtet und dankbar, daß er sich ihretwegen so abgemüht hatte. Wenn es absolut sein soll, dann gern noch ein Éclair, sie bestellte ihm zwei und ein Kännchen Schokolade dazu. Sie aber bestellte für sich nur einen Tee.

Eine junge Kellnerin in schwarzem Kleid und weißer Schürze brachte lächelnd den vollen Teller und von einigen Tischen blickte man hin und schien sich zu wundern, daß er das alles aufessen sollte, obgleich es kurz nach dem Krieg war, waren fünf Stück für einen einzigen Gast doch überraschend viel, so kurz nach der Hungerszeit. Zu Mittag hatte er Rindergulasch mit Nudeln bekommen, mit zweifachem Nachschlag Nudeln. Bald konnte er nicht mehr, hatte er keine Lust mehr, fühlte sich aber verpflichtet, es war doch eine Einladung, und sie wußte genau, daß er so etwas nicht oft bekam, obgleich man verwandt war, ließ man ihn im Waisenhaus. Also konnte man mit ihm machen, was man wollte, aber doch nicht vergessen, daß er auch Einfluß hatte und die Präsidentin auf ihn hörte.

Sie saß ihm gegenüber und schaute ihn unverwandt an, und ab und zu auf den noch halbvollen Teller. Kellerlicht hatte jetzt Schwierigkeiten die Kuchen hinunterzubekommen, er kaute langsam am Mohrenkopf und wartete immer, bevor er wieder anbiß, und sie fragte, ein wenig zynisch, ob die teuren Kuchen auch schmeckten. Als er das hörte, konnte er nicht mehr anders, es waren noch drei übrig, für die andere alles gegeben hätten, die schöne Eßware, wo doch andere nichts hatten, die durfte man nicht stehenlassen.

Es gelang ihm, noch einen halben Mohrenkopf hinunterzuwürgen, als er plötzlich spürte, wie es in ihm hochstieg, und, den Stuhl hinter sich zu Boden stoßend, eilte er auf die Straße, ohne verhindern zu können, daß es doch durch die vorgehaltenen Finger spritzte, er hörte noch, wie man an den Nebentischen aufstand und aufschrie, auf dem Bürgersteig schoß es aus ihm heraus, so gewaltig, daß er zugleich staunte, woher denn solche Wucht überhaupt entsprang, es schlug gegen den Bordstein auf, gelblich mit Brocken dazwischen, Hemd und Hose hatten etwas abbekommen, und obgleich er vor den Augen der Passanten so schnell, wie er nur konnte, in die Seitengasse abgebogen war, sah man ihm doch von überall nach, vielleicht waren ihm sogar einige aus der Konditorei gefolgt.

Die Gasse mündete auf einen kleinen Weg, mit Schrebergärten zwischen den beiden Bahndämmen, die aufeinander zu liefen und eine dreieckige kleine Talschaft dazwischen bildeten. Zu jeder Seite des Pfades waren Planken und Zäune, kleine Schrebergärten mit jeweils einer winzigen Laube oder einem kleinen Schuppen mit Holztisch davor und einer Bank; aber es war Wochentag und keiner war da, so traf er niemanden in der Unterführung, hinter der der Weg auf die Straße stieß, an der sich das Schloß befand.

Seine Kleidung war noch feucht, sie roch sauer, der Geruch drang ihm in die Nase, vielleicht konnte er aber doch unbemerkt in seine Mansarde gelangen, im Wandschrank hatte er noch ein Hemd und sogar eine Hose, am Waschbecken würde er den Geruch schon wegbekommen und die Sachen dann mit der Wäsche der Waisenkinder abgeben, so würde niemand Fragen stellen.

Später gelang es ihm, sogar unbemerkt, gesäubert und umgezogen, von hinten durch die Küche das Schloß wieder zu verlassen, ohne daß Fräulein Merlet ihn bemerkt hätte, und der Mauer entlang im Park zu verschwinden, er ging durch das hohe Gras zum Teich und zuckte vor Schreck zusammen, als eine dicke Blindschleiche sich vor ihm schlängelte und leise wegrauschte. Hinter dem Teich zeigte sich ein verwucherter Weg, den er immer wahrgenommen hatte, aber noch nie gegangen war. Unaufhörlich hatte er es in sich, wie es ihm aus dem Mund geschossen war, und daß sich die Merlet hatte rächen wollen, oder vielleicht hatte sie erraten, wie leicht es war, ihn zu demütigen und daß er als Schützling, als »Protégé« nichts sagen würde.

Es war ihm sehr vertraut, sich so lächerlich zu machen oder sich zu seinem Nachteil bemerkbar zu machen, es war ihm, als rage er aus sich heraus, als wachse er ins Alberne, ins Groteske hinaus, in alle Ewigkeit, vor lauter Größenwahn. Er schämte sich so sehr, daß er sich am liebsten irgendwo im Laub eingenistet hätte, am besten wäre es gewesen, sich mit der Selbsthaubitze abzuschießen und sich in alle Ewigkeiten los zu sein, diese aber hatte gerade eine Panne. Verschwinden oder nützlich sein, und wieder stieg in ihm das ewige Selbstbild auf: Preßlufthammer mit Krawatte, der sich selbst an den Griffen halten und über die Straße hopsen würde: pidipaff, pidipaff, und sollte er einen Passanten anrempeln, würde er »Pardon« sagen. Die Selbsthaubitze direkt am Hauptplatz aufstellen und »bumm«.

Damals, wenn er bestraft wurde, war es ähnlich gewesen, es war wie eine Selbstbeobachtung, er war ein Zuschauer, der sich aus dem Selbstfenster zuwinkte, und den keiner sah.

Der Weg, den er sich mit einem gefundenen Stock durch Dornen und Lianen freischlagen mußte, führte bestimmt bis zur Mauer, die auf dieser Seite ziemlich nah an der Zugschneise lag, er schlug sich leicht durch das nicht sehr dichte Dickicht und kam zu einer Lichtung, an deren Rand Bäume und Büsche wuchsen, er erschauerte leicht vor den grün gerippten Blättern und geraden Zweigen der Haselsträucher, die er sich vor gar nicht so langer Zeit noch abgebrochen hatte, in der Hand fühlte er, wie er die Blätter abgestreift und die Stengel abgetrennt hatte, da doch immer eine ganz saubere Gerte von bestimmter Länge und Dicke, ohne sichtbare Verwachsungen, verlangt wurde.

Eine einwandfreie, biegsame und scharfe Gerte, an der sich die Hand, wie ihm immer wieder betont worden war, freuen konnte. Man mußte sie auf Länge und Durchmesser (3 bis 6 mm) begutachten lassen, sie wurde auf Wippen und Geräusch geprüft, und man wurde ins Wäldchen zurückgeschickt, um eine bessere abzubrechen, was jedesmal, das konnte bis zu vier- oder fünfmal sein, je nach Verfehlung, die es zu ahnden galt, eine entsprechende »Verschärfung« nach sich zog.

Er ging lange hin und her, traute sich nicht, und doch brach er sich eine entsprechende Gerte, die er durch die Hand ziehen ließ, bis ein Blättertrichter zwischen Daumen und Zeigefinger zurückblieb, es war ein Selbstabenteuer, das ihn vor Erregung verwirrte. Die Unbestimmtheit war vorbei, er war in sich gefestigt, es zog ihn nach vorne, er hatte sich in der Hand und wußte im voraus, wie er »es« bestimmen würde, hatte er doch bisher ein ganz geregeltes Leben geführt, in dem er, innerhalb eines festen Rahmens, vollkommen frei gewesen war. Tagelang hatte er das ganze Vorgebirge für sich alleine gehabt und um alles Erlaubte oder Verbotene gewußt, ihm fiel auf einmal ein, daß er sich nun selbst in der Hand hatte, weil er doch alles dabei hatte, einzig der Spiegel fehlte.

An ihm stand »es« hervor und pochte, aber er mußte sich Zeit lassen, niemand durfte auch nur ahnen, was geschehen würde, wie jedesmal, wenn die Scham besonders gebrannt hatte. Die entblätterte Gerte schob er sich in den Ärmel, aber vielleicht würde man sich über seinen steifen Arm wundern, er mußte sie irgendwo am Parkrand auf die niedrige Zwischenmauer legen, und unter Vorwand eines kleinen Nachtspazierganges würde er dann die Gerte über die Schloßtreppe in seine Kammer bringen und sie auf den kleinen Tisch legen, damit sie das erste sei, was er sehen würde, nachdem er an der Tür viermal geklopft hatte, bevor er sich selbst hereinließ, sich vortreten und unter strenger Befragung setzen lassen würde, man wollte ihn strengstens vornehmen, er sollte die Gerte vor der Strafe küssen.

Als er zurückkam, schien es, als hätte die Merlet auf ihn gewartet. Zu so später Stunde war sie noch im Büro und wollte sich mit ihm unterhalten. Sie sagte, sie hätte ihn, sie wisse selbst nicht warum, irgendwie auf den Arm nehmen wollen und wolle ihn dieses Mal wirklich für seine Mühe belohnen und ihn in ein in der Umgebung bekanntes Restaurant am Ufer des Flusses hinter der Stadt einladen.

Sie brachte ihn unbemerkt zum Reden und ließ ihn sein junges Leben erzählen, rasch, ohne es selbst zu merken, kam er auf die Strafen zu sprechen und erzählte verwirrt mit belegter Zunge davon. Sie ließ ihn weiterreden, stellte ihm sehr genaue Fragen und hatte schnell verstanden, daß er in seiner jungfräulichen Einfalt sich unter einer Frau nichts anderes als die strafende Hand vorstellte, die ihn aber um so mehr verwirrte.

Sie nahm sich ein Zimmer in der Nähe seiner Mansarde und ließ sich immer öfter in Gespräche mit ihm ein, so daß trotz aller Jungfräulichkeit sich in ihm Sonderbares zu regen anfing, vor dem er sich aber fürchtete, und so kam es immer öfter vor, daß er sie fast grob abwies, sich zum »Arbeiten« in seine Kammer zurückzog und den großen Intellektuellen spielte, der gerade Kants *Kritik der reinen Vernunft* las.

Es irritierte ihn, daß sie nicht von ihm abließ und öfter Blusen mit tiefem Einschnitt trug, so daß er ein wenig mehr zu sehen bekam. Sie hatte sich seine Gewohnheiten gemerkt und daß er sich nicht jeden Tag wusch noch duschte, und so war sie dabei, als er, wie Gott ihn geschaffen hatte, aus der Duschkabine kam, er versuchte wieder hineinzugehen, sie war aber schneller und fragte, warum er sich schäme, er sei doch ein schön gebauter junger Mann, ein richtiger Apoll, wie sie sagte, und kaum hatte sie nach ihm gegriffen, als es ihn mit einer ungeahnten Gewalt überkam.

Noch nie hatte er die Hand einer Frau an sich gefühlt. Im Internat wurde er immer nur hart angefaßt, man zog an seinen Ohren, schlug ihm auf die Finger, riß ihm die Haare aus, leicht berührt wurde sein Hintern nur, um den Abstand der Hiebe zu messen. Und jetzt auf einmal war es, als ob sich unter der Frauenhand sein ganzer Körper zusammenzog, vor plötzlicher, unbekannter Geilheit, sie kniete auf einmal vor ihm, und kaum hatte sie ihn in den Mund genommen, kam er stoßweise, und er entschuldigte sich dumm.

Von nun an hatte sie ihn in der Hand, sie hatte in ihm sofort den Spätzünder erkannt, sie versuchte ihn für sich einzunehmen und benutzte jede Gelegenheit zu einem Gespräch. Sie versuchte es mit Anspielungen, die er nicht verstand. Erst wenn es mit ihr intim wurde und sie ihn sich ausziehen ließ, kam es ihm, er hatte aber dann auch sofort schnell abgespritzt. Viel weiter brachte sie es aber nicht, so griff sie zu anderen Mitteln und schlug ihm vor, ihn mit Schwester und Schwager, die im 16. Arrondissement wohnten, bekannt zu machen, und bei ihnen, die ein Fremdenzimmer hatten, zu übernachten.

Er bekam es aber mit der Angst zu tun, und da spielte sie die Liebeskranke, ließ sich auf die Treppe fallen und hinuntergleiten und nahm so die Treppe in ganzer Länge, sogar die Kurve um den Podest, und schrie, daß er böse sei, so laut sie nur konnte. Er bettelte sie an, flehte aus Angst vor dem möglichen Skandal, aus Angst, es käme seiner Beschützerin zu Ohren, die sich ihn nackt vorstellen würde, wie er die Merlet gerade bearbeitete oder schlaff auf ihr liegen würde, und vor Ekel und Entsetzen bäumte er sich auf.

»Ich mache alles, was Sie wollen«, kam es aus ihm heraus, und sofort stand sie lächelnd auf; »ich will Dir nur Gutes tun«, sagte sie, und beide vereinbarten, daß sie nach Paris fahren würden, jemand würde sie im Heim vertreten, und er käme ihr nach.

Er fuhr mit dem Vorortszug hin, das Fahrgeld hatte sie ihm spendiert. Es war ihm ganz sonderbar zumute, ihm war bange, aber auf andere Art, als er zum Arzt gefahren war, die Landschaft sah anders aus als sonst, es überraschte ihn, wie sie allmählich ins Städtische überging.

Die Wohnung war gemütlich mit ein wenig verschnörkelten Möbeln, eine Ausstattung aus den zwanziger Jahren. Braten hatte er seit seiner Kindheit, seit über zehn Jahren nicht mehr gegessen: Der Schwager tranchierte sehr geschickt, und das Fleisch fiel von selbst um, scheibenweise, noch rosarot in der Mitte, und das Wasser lief ihm im Mund zusammen, es gab Pommes frites dazu, und vorher hatte es Wildschweinpastete gegeben.

Das Kopfende des Bettes schmückte eine geschnitzte Rose, die Versuche der Merlet blieben aber völlig erfolglos, nichts regte sich am Jungen, er langweilte sich sogar, und die Hautfühlung mit einer nicht mehr ganz jungen Frau ließ ihn gleichgültig, das ein wenig Pappig-Trockene und Warme ekelte ihn sogar an. Natürlich war sie enttäuscht, hatte aber so etwas irgendwie geahnt. Hätte sie eine strafende Hand gehabt, mit entsprechendem Ritual, hätte sich bestimmt an ihm etwas geregt. Man trennte sich nach Croissant und Milchkaffee, und jeder kehrte mit einem anderen Zug zurück.

Dann gab es ihn nicht mehr für sie, es war, als sei er durchsichtig geworden, bei Tisch, wenn er etwas sagte, antwortete sie jemand anderem, der nichts gesagt hatte. Sie blieb auch nicht mehr lange, war es der Familie wegen oder hatte sie auch etwas aus dem Internat geschmuggelt? Jedenfalls wurde sie nun durch eine ältere, beleibte Dame ersetzt, die nicht im Schloß schlief, sondern mit dem alten Autobus jeden Tag nach Paris zurückfuhr. Kavalier, der er war, begleitete Arthur sie fast jedesmal zur Bushaltestelle und stellte sich vor, wie sie blechgeschüttelt davonfuhr.

Seit Fräulein Merlet weg war, befiel ihn eine sonderbare Langweile, was sie von ihm erwartet hatte, ließ nun nicht mehr von ihm ab. Es wurde wieder schwammig in ihm, undeutlich, und die Angst fraß sich in ihm hoch, was sollte denn aus ihm werden?

Auf einmal tat es ihm um das Internat leid, dort hatte er gewußt, wie es um ihn stand, er wurde gehandhabt, bestraft und verköstigt, und er konnte sich seinen Innenbildern hingeben. Er schloß die Augen und schüttelte sich, als er sich an seinen Erzieher Robert de S. erinnerte. Senkrecht stand das vage Rechteck des Fensters in der Dunkelheit, wenn er sich umdrehte. Er trug den Erzieher in sich, es war so sonderbar, erfüllend und beruhigend, auf diese Art sondiert zu werden, eine Erkundung seiner selbst, und dann erzählte ihm der Erzieher, daß er nicht der einzige sei, dem es so erging, ganz berühmte Dichter wären sie sogar geworden, ein gewisser Rimbaud, von dem er schon im Unterricht gehört hatte, ein sehr großer Dichter, der sehr jung gestorben war, und dieser Rimbaud sei in London das Weib eines anderen großen Dichters gewesen: Verlaine hieß er, ein schöner geschmeidiger, sanft eleganter Name, wie auch der Name Rimbaud, der aber entschlossener, ein wenig rauher klang.

Er hatte ihm erzählt, wie er, kaum sechzehnjährig – zur Zeit der Commune 1871, des republikanischen Volksaufstands, als die Preußen, denen schon damals der Krieg und die Eroberung in den Adern floß, Paris umzingelt hielten, und die Armen Ratten aßen und vor Hunger umkamen –, wie er nach Paris gekommen sei, zu Fuß, nach Nord-Frankreich und wieder zurück, und wie er einige Wochen später nach Paris mit der Eisenbahn gefahren sei und da als mittelloser Strolch ein oder zwei Nächte mit anderen Männern in einer Gefängniszelle verbracht hatte, und sein Erzieher hatte ganz nebenbei gesagt: »Ich möchte gern wissen, was sie mit ihm gemacht haben.«

Immer, wenn sie so mitten in der Nacht danach zusammenlagen, spielte der Erzieher immer auf einen Dichter oder einen Schriftsteller an, der es wie sie gemacht hatte, auf Oscar Wilde, auf André Gide, von André Gide gab er ihm *Stirb und werde* zu lesen, woraus ihm diese Zeilen in die Augen stachen: »*Er legte ihn auf den Rücken, ganz am Rand des Betts; und bald sah ich nur noch zu beiden Seiten des ächzenden Daniel, zwei hängende feine Beine*«, deutlicher konnte man es kaum beschreiben, als wolle er sich rechtfertigen und dem Jüngling den Weg in die Zukunft weisen, daß er, wenn er tatsächlich so einer sei, allem Anschein nach etwas daraus machen, ein »Künstler« werden solle.

Aber in Wirklichkeit war er keiner von denen, er war es nur nebenbei, allerdings mit dem ganzen Körper, in Wirklichkeit sehnte er sich nach Frau und Kindern und wußte auch, er würde heiraten, seine zukünftige Frau kam ihm immer näher, noch wußten sie nichts voneinander, und doch führte sie unweigerlich jede winzigste Begebenheit zueinander, vielleicht hatte er sie schon irgendwo getroffen, in Paris vielleicht, wo er auch bestimmt einmal leben würde, obgleich er so tat, als erträume er sich ein Leben in der Provinz.

Er wußte, wie seine Zukunft aussehen könnte, und

kannte sogar den Beamtenstatus von 1947, wußte von den Aufgaben und Rechten der französischen Beamten, es galt da schwere Wettbewerbe zu bestehen, wenn man aber einmal soweit war, war man sein Leben lang abgesichert und stand im Dienste der Republik und des öffentlichen Interesses. Von den »Surnuméraires« der französischen Literaten hatte er schon oft gehört, Verlaine war einer, bescheidene Beamte, die wenig arbeiten mußten und viel Freiheiten genossen gegen wenig Gehalt, von denen waren sogar einige in der Académie Française gelandet; er sah sich als Studienrat in einer Provinzstadt, mit viel Zeit zum eigenen Schreiben. Achtzehn Stunden Unterricht in der Woche, er hatte schon alles ausgekundschaftet und wußte genau, was er verdienen, wie seine Laufbahn aussehen würde.

Er könnte die Tochter des Charcutiers, des Feinkostladens heiraten, wo er sich abends seine Scheiben Schinken kaufte. Sie unterhielt sich immer länger mit ihm, besonders hübsch war sie allerdings nicht, aber da er sich bei Frauen nicht auskannte, störte es ihn wenig, er hatte keine besonders ausgeprägten Bedürfnisse, und der Vater freute sich, daß die Tochter einen »anständigen«, gutbürgerlichen Freund hatte, die Hochzeit würde dann in der Abteikirche stattfinden und das Festessen, mit mehreren Gängen, und sie führen sechs Tage nach Venedig, und dann, nach dem Unterricht im Gymnasium, würde er mit Wurst verkaufen, und seine Werke stünden im Schaufenster. Am Abend, im gemütlichen Wohnzimmer, würde man den Wind hören.

Aber die Angst lief ihm kalt über den Rücken beim Gedanken an die Schwierigkeit der Wettbewerbe, die würde er nicht bestehen. So blieb ihm nur die Aussicht auf ein ärmliches, zweideutiges Leben in Privatschulen, in verfallenen Internaten, er würde ein Hagestolz bleiben und sich ständig vor möglichen Anschuldigungen fürchten, obwohl er doch nie an Knaben dachte, sie sogar mied, so gut er konnte. Er dachte nur an Männer, die ihn mitnehmen, es ihm ins Gesicht schubweise schießen würden, ältere, beleibte Lastwagenfahrer, die ihn aufgabeln, auf ihm liegen würden, auf allen vieren.

Er schüttelte sich aus Abscheu vor sich selbst, und doch würde er in der Kammer dem Laster verfallen, nur ein Kleiderschrank fehlte ihm. Einen Kleiderschrank mit Spiegeltür hatte er nur vor kurzem bei der Ankunft, und das zum ersten Mal in seinem Leben, im Hotel gehabt, und es hatte ihn verwirrt, nicht wegen ihm selbst, sondern wegen seiner Nacktheit.

Im Schloß gab es nur Halbspiegel über Waschbecken, wo man sich nur als Büste erblicken konnte und der Blick kaum bis zur Brust reichte, immer wartete er, daß niemand mehr da war, um sich nur kurz anzuschauen, vielleicht als Bestätigung seiner selbst, er hatte immer Angst, man könne ihn überraschen und sich sofort vorstellen, wie er's mache, denn irgendwie mußte ihm doch sein Laster im Gesicht geschrieben stehen, er hatte aber nicht jene blauen Ränder unter den Augen, wie manche Mitschüler sie im Internat gehabt hatten, und denen man es sofort ansah, von denen man also wußte, daß sie es trieben und die mehr oder weniger doch auch zu denen gehörten, die beseitigt gehörten.

Er war am Quai des Orfèvres an der deutschen Buchhandlung vorbeigegangen, mit ihren zwei kleinen rechteckigen Schaufenstern, in denen, einschüchternd, beeindruckend die deutschen Weltgrößen in Buchformat standen, stattlich gebunden, trotz der schwierigen Zeiten, mit Goldschnitt sogar, nagelneu und sehr teuer: Thomas Mann, Hermann Hesse, Rudolf Kassner, Ernst Wiechert hießen die dort ausgestellten Herren. Er wollte doch wieder zu seiner Muttersprache zurückfinden und hatte seiner Beschützerin gesagt, er brauche doch noch einige deutsche Bücher für das Abitur, vom Büro aus erfuhr er dann einige Tage später, er solle sich kaufen, was er brauche, er solle nur vorher sagen, wie viel. So ließ er sich die nötige Summe für ein gebundenes Buch geben und traute sich in das Geschäft, ein kleiner kellerartiger Laden direkt am Bürgersteig, man sah die Beine der Passanten auf Augenhöhe. Der Inhaber war ein kleiner Mann mit Glatze und krächzender Stimme, der ein sonderbares Französisch sprach, mit dem Klang von Stöckelschuhen, und er erkannte sofort, daß er dazugehörte, was hätte denn sonst nach den »Ereignissen« eine deutsche Buchhandlung überhaupt in Paris zu suchen gehabt.

Ein Kunde blätterte in verschiedenen Büchern, es waren dicht beschriebene Seiten mit wenigen langen Absätzen, wie er sie aus der väterlichen Bibliothek schon kannte; große Gedanken, Lodenmantel im Sturm, Weltuntergang. Solche Texte hatte er schon beim ersten Teil des Abiturs zum Übersetzen vorgelegt bekommen, es waren Texte von Leuten, die Gundolf oder Korff hießen, voll langer und geharnischter Wörter, endlosen, verzahnten Sätzen zusammengesetzt, und die, einmal übersetzt, immer nur Abstufungen und Wiederholungen desselben ein wenig hohlen Gedankens waren. Sie enthielten immer etwas Behäbiges, Langsames und Würdiges, ein vornehmes Schreiten durch tiefe Gedankenwälder; das Übersetzen hatte ihn amüsiert, die komplizierten und ausgedehnten Wörter bestanden aus ganz einfachen, die er alle kannte und als Kind schon gebraucht hatte. Im Vergleich zu den französischen Autoren, die man ihm zu lesen gab, hatten solche Ausführungen etwas Fromm-Religiöses und Andächtiges an sich, das zur Ehrfurcht anregen sollte, ein Gefühl aber, das ihn sofort anwiderte, wenn man ihn dazu zwingen wollte, und das taten diese professoralen Texte immer.

Auf einem Regal standen unzählige, kleine gelbe Reclambändchen, alle in demselben hellen Gelb, das aber bei jedem Bändchen doch irgendwie anders aussah, je nach Stellung oder Stärke, zum Davonprofitieren, so daß man Wörter und Buchstaben betrachten konnte, die die Weltgrößen auch gelesen hatten.

Er, der unnütze Vielfraß und ärmliche Studiosus, durfte also dasselbe lesen, das Professoren, berühmte Schriftsteller oder gar Dichter auch gelesen hatten. Er fühlte sich geehrt und schämte sich zugleich seiner Wenigkeit. Es waren dünne Bändchen zum Mitnehmen in der Tasche, so daß man sich selbst, egal, wo man war, Theaterstücke aufführen oder in einer Dachmansarde durch die Welt reisen konnte. Ein Titel fiel ihm auf, *Aus dem Leben eines Taugenichts* von Eichendorff, eine Erzählung, von der er schon viel gehört hatte, und die er unbedingt lesen wollte. Die Bändchen waren sehr billig, und so konnte er sich für wenig Geld mehrere kaufen, von Goethe, von Gottfried Keller und anderen.

Er las entzückt, auf der Rückfahrt im Vorortszug, diese so fröhliche, sogar ein wenig frech-heitere Geschichte, gerade als der Zug hielt, hatte er das fünfte Kapitel zu Ende gelesen und voll freudiger, erleichternder Verwirrung folgende Stelle gefunden:

»Zwischen den beiden Fenstern hing ein ungeheurer Spiegel, der vom Boden bis zu Decke reichte.

Ich muß sagen, das gefiel mir recht wohl. Ich streckte mich ein paarmal und ging mit langen Schritten vornehm im Zimmer auf und ab. Dann konnte ich aber doch nicht widerstehen, mich einmal in so einem großen Spiegel zu besehen. Das ist wahr, die neuen Kleider von Herrn Leonhard standen mir recht schön, auch hatte ich in Italien so ein gewisses feuriges Auge bekommen, sonst aber war ich gerade noch so ein Milchbart wie ich zu Hause gewesen war, nur auf der Oberlippe zeigten sich erst ein paar Flaumfedern.«

Der Taugenichts hatte zu einer noch heilen Welt gehört und wußte, wo er war, Kellerlicht dagegen war haltlos und ein Pfuscher, zu nichts gut. Ja, man hatte ihn geschützt und versteckt, und wenn er so beim Bauern im Heu wartete, bis die Deutschen weg waren – sie kamen nicht einmal seinetwegen, um ihn mitzunehmen, sie ahnten nicht einmal, daß es ihn gab, sondern nur um Butter und Eier zu kaufen –, dann überkam ihn die Angst, die ihm steinhart im Bauch lag, das »Selbstübel«. Er hätte sich am liebsten aus Ekel über sich selbst in den Eimer übergeben, sich als schleimige Masse selbst herausgekotzt. Sich an den Fußgelenken fassen und mit der Selbsthaubitze aus dem Fenster schießen, nur noch Packung sein, abgestempelt, unter den Arm genommen und fortgetragen, Schublade sein und nur noch auf- und zugeschoben werden, das wäre ein Ausweg aus dem Selbstsein gewesen, während unten, unter den Bodenbrettern, der Bauer und die Bäuerin, die ihn versteckt hielten, vor Angst schwitzten und die Deutschen so schnell abfertigten, wie sie nur konnten, damit sie bloß weggingen.

Und nun war das alles längst vorbei, auf Kosten anderer nahm er zu und »studierte«. Einige Tage später hatte er den Schulfreund, der in der Konditorei dabeigewesen war, wieder getroffen, »mir war schlecht geworden«, erklärte Kellerlicht, und sie hatten vereinbart, zusammen ins Jeu de Paume zu gehen, wo die Impressionisten hingen und Kellerlicht schon vor einigen Wochen gewesen war, der andere meinte, er wolle sich die Bilder ansehen, die Pontoise, seine Heimatstadt, so genau darstellten und wissen, ob sich die Ansicht in all den Jahren geändert hatte. Es waren Gemälde aus den letzten Jahren des neunzehnten Jahrhunderts, also vor beinahe sechzig Jahren entstanden, und inzwischen hatte es die zwei Weltkriege gegeben.

Vorher aber wollte Arthur sich noch mit dem Nötigsten versehen, um am Abend bei der Rückkehr alles zur Hand zu haben. So machte er sich auf, zum Dorf durch die Platanenallee, die zum Schloß führte und ein Gitter bildete, wenn man sie längs, so wie er, entlangging. Er spielte den Unbedarften, der einfach unterwegs ist. Rasch war er an der Längsseite des Eisenbahndreiecks angelangt, wo die Dämme sich vor seinen Augen zusammenschlossen. In der Mitte führte der Weg zur Spitze des Dreiecks, in dem ein Schrebergarten lag, in den er gerne hineingegangen wäre, um mit ausgebreiteten Armen beide Seiten des Dreiecks auf einmal berühren zu können, dort lagen sich auch beide Tunnelöffnungen gegenüber, und man wußte nie, durch welche man gehen sollte, da doch beide auf dieselbe Dorfstraße führten, er nahm die linke, die zu dem Teil der Straße führte, wo die Geschäfte lagen, nebeneinander Schlachter, Bäcker, Kaufmann, Obsthändler, alle mit Auslagen in den Schaufenstern.

Er sah sich um, ob auch keine der Waisen in Sicht war, auch kein Erwachsener, den er kannte, und doch, was war schon dabei, ein Kilo Äpfel zu kaufen, hatte doch jeder ein gutes Recht, sich mal Äpfel zu spendieren, und ganz dicke dazu, fleischige die sich lohnen, dicke Borsdorfer, es galt zuerst den Stengel sorgfältig herauszulösen, um dann mit dem spitzen Messer das Gehäuse herauszuschälen, damit nur in der Mitte des Apfels eine rundliche, zwei Finger breite und tiefe, regelmäßig ausgehöhlte Öffnung blieb, um den Apfel wie einen Hut auf dem Daumen hin- und herdrehen zu können.

Er stellte sich vor, was jemand sehen würde, der plötzlich zur Tür hereinkäme, es gab keinen Riegel. Man würde es herumerzählen, und sehr schnell würden immer mehr davon wissen, stellten sich ihn dabei vor, grotesk seiner Schande ausgeliefert. Er war einmal im Kino gewesen, im Film hatte jemand einen Stuhl schräg gegen das Schloß geklemmt, damit man die Tür nicht aufbekam.

Der zufällige Besucher hätte im leeren Zimmer auch eine leere Rolle Klopapier, zwei Aquarellpinsel, einige Dutzend Wäscheklammern und in der Dachrinne, vom Winde hergeweht, Birken- und Haselzweige gefunden.

Aber vielleicht hatte er die Äpfel in Zeitungspapier eingewickelt bekommen, und man hätte ihn gefragt, warum er sich denn welche kaufe, ob er denn keine zum Nachtisch bekäme, oder vielmehr, er hätte sofort geahnt oder gar verstanden.

Die Place de la Concorde breitete sich vor ihnen aus, wie eine Landschaft mit den Bäumen der Champs-Élysées und der Cours la Reine, die ihn parkartig säumten. Im Museum hatte ein schattenloses Licht geherrscht.

Der andere hielt sich gar nicht lange vor den Gemälden auf, sondern suchte nur ein ganz bestimmtes, eins von Camille Pissarro, wo die väterliche Gartentür abgebildet war, der Garten, den er, Kellerlicht, auch kannte, und der, auf diesem vor siebzig Jahren, 1874, gemalten Bild, genauso war wie jetzt, sogar die abgeblätterte Farbe auf der Holztür war noch dieselbe; es war, als hätte es nichts gegeben, als hätte es keinen Krieg gegeben und ihm, Arthur, wurde es unheimlich zumute, derart, daß er sich vom Mitschüler verabschiedete und einfach hinaus an die frische Luft ging, um die Wirklichkeit des Himmels mit den Wolken und die Landschaftsfluchten zu spüren.

Er setzte sich auf eine Bank und wartete auf den anderen, der dann auch ein wenig später herauskam, irgendwie ungeschickt, mit eckigem Gesicht und eckig gebautem breiten Körper, und er schüttelte sich vor Ekel bei der Vorstellung seiner ein wenig schwülen und bestimmt behaarten Nacktheit. Er hatte schon gemerkt, daß ihm Haare auf den Handgelenken und unterhalb des Halses wuchsen. Sollte er mit jemandem spazierengehen, wie es ihm manchmal geschah, dann sollte dieser aber glatt und weich sein. Dessen war man sich bei Frauen oder Mädchen immer gewiß.

Der Mitschüler verabschiedete sich, er hatte einen Onkel in Paris, also wieder einer, der zu etwas gehörte, von dem es zu anderen Menschen führte, der Onkel hatte vielleicht ein Eßzimmer und Bekannte, und so kam man von einem zum anderen durch die ganze Welt.

So konnte Arthur wieder alleine zu den Bildern und ganz zu sich zurückfinden: Manche Gemälde von Sisley, Monet oder van Gogh waren wie zum Greifen nahe, es war, als tauche der Körper in die Stofflichkeit der Farben ein, es zuckte in ihm eine Empfindung auf, wie die Farben sich voneinander abhoben, wie eine helle Fläche auf einmal, ohne Übergang an eine dunkle stieß, wie entgegengesetzte Farben nebeneinander lagen, wie es kam, daß Dunkles neben Hellem lag, und alles war Landschaft, in welcher das Auge spazierengehen konnte, grasbewachsene Hügel, hinter denen man noch unbekannte andere Landschaften erriet, Landstraßen, auf denen es einen immer weiter wegführte, und es fiel ihm Rimbaud ein: *»Ich wäre gern das verlassene Kind, auf dem Damm in hoher See, der kleine Diener, der auf der Allee läuft, dessen Stirn den Himmel berührt.«*

Vielleicht wäre er auch gerne ein solcher Diener gewesen, den man behält und den der junge Herr ins schwüle Treibhaus mitnimmt.

Als er herauskam, ging die Sonne unter, hinter den Bäumen des Cours la Reine, in der Ferne sah man dunkel schon, vor dem goldgelben Himmel ausgespart, den ein wenig schweren Turm von Saint-Pierre du Gros-Caillou, und hinter der Baumfront den Eiffelturm, es war alles so landschaftlich, weit mit Waldsaum und Stadtstraße zugleich, daß es wie eine Weltreise war, die man unternahm, ohne von der Stelle zu weichen, und darüber zogen hohe goldgefranste, aufgebauschte weiß-violette Wolken hinweg.

Es kam ihm die Beschreibung der Place de la Concorde in den Sinn, die er vor kurzem bei einem französischen Schriftsteller gelesen hatte: J. K. Huysmans, der in *Gegen den Strich* die Geschichte eines immens reichen jungen Mannes mit Namen Des Esseintes erzählt, der sich alle Finessen eines verwöhnten Lebens leisten kann, Huysmans beschreibt die Lichterketten auf dem nächtlichen Platz und erzählt, wie Des Esseintes dort einem sechzehnjährigen Schlingel begegnet, ein blasses und schlaues Kind, »so verlockend wie ein Mädchen«, den er ins Café einlädt und dann in ein schickes Bordell, wo mehrere halbnackte junge Frauen ihm ihre Morgenmäntel vor das Gesicht wehen lassen. Er sitzt da, unbeweglich, das Blut steigt ihm in die Wangen, er hat einen trockenen Mund und seine Augen sind niedergeschlagen, aber mit wachem Blick, den er stets auf den Schoß der Mädchen richtet. Des Esseintes aber weiß von ihm ganz anderes. *»Welches Geständnis erwartete man von ihm? Welches furchtbare Geheimnis ist unter der glänzenden Oberfläche verborgen, gar unter der seidenmatten Haut, daß man immer weiter nachbohrt und in ihn dringt? Worauf hofft man zu stoßen? Warum bloß hat er sich wieder ausziehen und am ganzen Körper abtasten lassen?«* [1]

---

[1] Joachim Helfer, *Cohn und König*, Suhrkamp 1998

Ihm, Arthur Kellerlicht, waren die Mädchen bisher gleichgültig gewesen, wenn er an Frauen dachte, stellte er sie sich doch nur strafend vor, wie er sich zu melden hätte, wie er devot vorsprechen, viermal an der Tür anklopfen müßte, um seine gerechte Strafe zu empfangen. Zugleich verwirrte ihn aber die Erinnerung an den Aufseher des Internats.

Der Terrasse gegenüber, auf der Seineseite, wo der Pavillon der Orangerie auf selber Höhe des Jeu de Paume steht, gingen die Männer auf und ab, die er vorher gesehen hatte, an denen er aber mit strengem Gesicht vorbeigegangen war, fast, als betone er, wie weit entfernt er doch von so etwas sei, das sehe man ihm doch an.

Es überkam ihn aber die Versuchung, sich unter den hohen, violett und goldrot beleuchteten Wolken anzubieten. Es reichte einfach zu fragen, wie spät es sei, jeder Vorwand genügte, um sofort anzubandeln, und schon nahm man ihn mit in irgendeine Dachkammer in der sechsten Etage, und es schüttelte ihn vor Entsetzen beim Gedanken an die krause Behaarung; er mußte nur daran denken, und es überkam ihn Ekel und Entsetzen, wie der andere riechen würde, mit schlaffer faltiger Haut und dem sonderbaren Etwas, und vielleicht würde er ihn dann an andere verkaufen. Er stellte sich vor, wie all die Bärtigen ihn behandeln würden, lauter fette schwitzende Leiber, die ihn in Kellern verwahren würden, um ihn als gefesselte Lustpuppe zu benutzen. Davon hatte er schon in Zeitungen gelesen. Die Polizei käme dazwischen und die enttäuschte Kusine würde den Chauffeur schicken, um ihn aus dem Schlamassel herauszubekommen.

»So werde ich belohnt für alles, was ich für Dich getan habe«, hörte er sie schon sagen, »und all das für einen schmutzigen Jüngling.«

Er schüttelte sich vor Abscheu und Ekel, sie könnte sich ihn lächerlich vorstellen, so wie er gerade war, und wieder hatte er Horror vor sich selbst, er fühlte die eigene Haut, als sei sie eine harte, ihn umschließende Schale, und er sitzt darin und schreit laut vor sich hin, ich bin es nicht, ich bin es nicht, den ihr da seht auf allen vieren aufgestützt, er schüttelte sich vor Ekel und sah als einzigen Ausweg aus der albernen, runzligen Selbstheit ein Möbelstück: Schublade werden, in der man gerade wühlt, Tisch zum Aufstützen der Ellbogen, Kleiderhaken, an den man sich selbst aufhängt, Kiste, die vom Kran in den Frachter geworfen wird, eine Selbstparade organisieren mit Totalorchester, Lachblasen und Bimbam.

Die Kusine zeigt auf ihn, der am Tisch an seinen Büchern sitzt und sagt den Besuchern: »Einer unserer Stundeten beim Lernen«, und ihm steigt die Erwürgungslust in die Hände; der kleine Arbeitstisch stand unter der Dachluke gegenüber dem Bett, ein altes, irgendwo aufgestöbertes Kupferbett, mit Kugeln an Kopf- und Fußende, das man während des Manövers, das immer länger dauerte und manchmal unterbrochen wurde, in der unteren Etage quietschen hörte.

Die Mansarde lag über dem Schlafsaal, wo die Kleinen schliefen, die wahrscheinlich das Geräusch, wenn sie es hörten, nicht verstanden. Es kam manchmal vor, daß er nach einem längeren Spaziergang im Park, auf dem er viel phantasiert hatte, hinaufging in die Kammer, gerade, wenn die Waisen da waren. Sie kannten ihn bestens, und obgleich sie nicht mehr so hinter ihm her waren, lauerten sie ihm doch auf, und einmal, als er gerade dabei war, hörte er sie an seiner Tür lachend davonlaufen, es war ihm, als fiele eine eisige Hülle auf seine nackten Schultern, und er stellte sich vor, wie er da so lag, voll der Schande, und er erinnerte sich an etwas, was er vor gar nicht so langer Zeit in der Zeitung gelesen hatte, in einer Kammer, vielleicht der seinen ähnlich, hatte man einen erhängten, noch »garnierten«, wie die Zeitung schrieb, achtzehnjährigen nackten Jüngling gefunden. Wie selbstverständlich es doch gewesen wäre, so etwas einfach abzuschaffen wie damals, zu nichts gut und sogar mit Anspruch auf eine Kammer als Schandfutteral. Allerhand!

Er, der immer so prüde tat und sich genierte, der keine, ein wenig gewagte, Photographie mit nackten Mädchenbeinen ansehen konnte, ohne daß ihn ein leises Schütteln überkam, der von der »Paarung« keine Ahnung hatte und kaum wußte, was Zungenkuß war, hatte sofort verstanden, was »garniert« bedeutete, und das Entsetzen packte ihn bei dem Gedanken, daß ihm auch die Idee des Sichaufhängens hätte kommen können, und man hätte ihn vielleicht noch gerade rechtzeitig in der Luft zappelnd aufgefunden und abgehängt, splitternackt, verkerzt, verstriemt.

Die benachrichtigte Kusine hätte ihn entrüstet vor die Tür gesetzt, aber zuvor wäre noch die Polizei gekommen, und er hätte alles detailliert erläutern müssen, wo er den Hocker hergenommen, wer ihm den Schlüssel zum Dachboden gegeben, wo er den Strick gefunden hätte. Die Kerze aber hätte er sich in der Kirche gekauft, gegen eine üppige Spende, für die er sich doch genausogut ein Sandwich hätte leisten können, in den Kasten geworfen, da es eine ziemlich dicke Kerze wäre und er nicht daran dachte, sie vor dem Altar anzustekken. Aber als er sie gerade unter seine Windjacke stekken würde, damit man sie nicht sehe, wäre gerade ein Priester mit Hornbrille an ihm vorbeigegangen und hätte leicht den Kopf zu ihm geneigt. Die Röte fühlte er heiß in sein Gesicht steigen, er hätte nicht beweisen können, daß er dafür mehr als den angeschlagenen Preis spendiert hatte. Den Arzt hätte man natürlich auch dazugerufen, der alles aufgezeichnet hätte, ein stämmiger Arzt mit Schnurrbart, der ihn oberflächlich untersucht und dann gesagt hätte: »Zu anderen Zeiten hätte es dem jungen Herrn eine ordentliche Tracht Prügel, vor allen Leuten, auf den Blanken eingebracht.«

Kellerlicht merkte kaum, daß es allmählich dunkel wurde, jemand, dem er nicht ausgewichen war, stieß ihn an und sagte »Pardon«, und es überkam ihn ein kalter Schauer, der ihm den Leib zusammenzog.

Er stellte sich die Kammer ganz oben vor, in der sechsten Etage, mit der kleinen Dachluke, dem spärlichen Licht, der abblätternden gelben Farbe an den Wänden, den Kleiderschrank mit, natürlich, der Spiegeltür, vor welcher sie sich gemeinsam anschauen würden, den kleinen Spirituskocher, auf dem der andere für beide Spiegeleier braten würde, und dann auf dem Bett die triste Lustlosigkeit; es war aber zu spät, man konnte nicht mehr zurück, sowieso war der letzte Zug schon weg und fürs Hotel hatte man kein Geld. Ein Schauder durchlief ihn, er fühlte, wie man ihm das Alleinsein und die »schlechten Angewohnheiten« ansah, die ein wenig abgenutzte Kleidung, die abgelaufenen Hacken, den unordentlichen Haarschnitt.

Die Straßenlichter gingen an, und er nahm die Rue de Rivoli, deren Arkaden fast bis zur Place du Châtelet führten, in diesem langen Gang kam er sich fehl am Platze vor, er gehörte nicht zu denen, die in die Geschäfte gingen und sich einfach bedienen ließen, er fürchtete sich vor der Zukunft, unter einer Brücke von Paris, der Pont de la Tournelle, hatte er sich schon unter den Eisenträgern seinen Platz ausgesucht für ein mögliches »Später«, wenn er als Clochard enden würde. Er hatte sich aber stufenweise alle Zukunftsperspektiven aufgebaut bis zum Provinzoberstudienrat mit Vier-Zimmer-Wohnung in einem guten Viertel, er würde die nicht sehr schöne Tochter des reichen Schlächters heiraten, und nach der Schule würde er beim Wurstverkauf helfen, nach langer ruhiger Karriere würde er in Provinzzeitschriften veröffentlichen, und man würde ihn sogar einmal in eine mit Öl beheizte Abtei einladen, zum Vorlesen, das war der Gipfel seiner Vorstellungen. Es gab aber in seinen Zukunftsperspektiven viele Zwischenstufen mit unsauberen Hemdkrägen, Unterschlupfe in Wartesälen oder Anstellungen als Küchengehilfe oder Pedell in einem Gymnasium.

Im Vorortszug, sobald der Zug die ersten Gärten und Wiesen erreicht hatte, überkam ihn wieder die Versuchung, er hätte sich einfach mitnehmen lassen sollen von einem jüngeren sorgfältig gekleideten Herrn, der ihn in eine schicke und helle Wohnung mitgenommen hätte, in eine obere Etage, so im sechsten Stock mit Parkaussicht und Frühstücksei, ein Zucken durchlief ihn bei der Vorstellung der gegenseitigen Nacktheit. Es kamen ihm aber immer die unvermeidlichen Bilder des Vor-die-Tür-Gesetztwerdens dazwischen, auf dem Korridor mit den zusammengerafften, an sich gedrückten Kleidungsstücken, die seine schuldige Nacktheit verbergen sollten.

Natürlich rufen die Nachbarn auf dem langen Korridor alle sofort die Polizei, so daß von jeder Polizeistation drei, vier Mann kommen, nackt befördert man ihn die Treppe herunter, und jeder sieht die blauvioletten, ins Rosa verlaufenden Striemen, man sperrt ihn mit stinkenden anderen ein, und seine Beschützerin schickt den Chauffeur, um ihn da herauszuholen. Vielleicht bekommt er einen Eintrag ins Vorstrafenregister, und dann ist es mit ihm aus, und dann wird er bestimmt lebenslang in Heimen, in miserablen Behausungen wohnen müssen, am Ende unter den Brücken, schon fühlt er an sich die verkrustete Bekleidung, hört das Scheppern seines Eßgeschirrs und spürt die Verengung in der Brust bei dem Gedanken an die abendliche Suche einer Unterkunft.

Als er im Waisenhaus ankam, war es bereits Nacht , die Stille war so groß, daß man ganz in der Ferne, auf unbekannter Strecke, einen Zug hörte. Er hütete sich, die Gerte aus der Dachrinne zu nehmen, obwohl er doch nur sich selbst Zeuge gewesen wäre und sich lächerlich gemacht hätte. Er schaltete nicht einmal das Licht an, damit man bloß nicht auf ihn aufmerksam würde, und sollte jemand an seiner Tür vorbeigehen und lauschen, er würde nichts trotz der Stille hören. Er hatte ein dickes Stück Pappe in das Schlüsselloch gestopft und achtete darauf, daß es nicht herausfiel.

V Aussichten

Die Einladung eines Mitschülers, mit dem er vor kurzem schließlich doch das Abitur bestanden hatte, kam ihm in den Sinn; sie hatten über Dichtung geredet, über Rimbaud und Verlaine, und er hatte sich erkundigt, beide waren zusammen nach London ausgebrochen, und wie er es nun endlich doch aus dem *Aufenthalt in der Hölle* verstanden hatte, Liebende gewesen, einer war das Weib des anderen gewesen, der Jüngere bestimmt, der sich angeboten hatte oder umgekehrt. Der Mitschüler und Kellerlicht hatten sich über Versbildung und moderne Dichtung unterhalten, und sie hatten beabsichtigt, sich gegenseitig ihre Gedichte vorzulesen.

Im Büro des Waisenhauses ließ er sich einen Umschlag und Briefmarken geben, denn Taschengeld mußte er sich jedesmal erfragen, es wurde für die Buchhaltung eingetragen und jeden Monat mit der Beschützerin abgerechnet. Einmal hatte sie ihn herunterrufen lassen und ihm eine Mahlzeit im Restaurant vorgehalten und ihm nicht recht geglaubt, daß er noch nie ins Restaurant gegangen sei; so hatte er einige Ausgaben gesehen, Handschuhe und Hemden, die sich bestimmt der Herr Ratefil in seinem Namen angeschafft hatte.

Der Brief wurde sogar beantwortet und Kellerlicht lieh sich ein Fahrrad aus, ein altes schepperndes. Er sollte bei seinem Schulfreund übernachten, der wohnte in Chaumont-en-Vexin. Es war eine Stunde entfernt.

Es war das erste Mal, daß er weiter weg aus Pontoise herausfuhr, auf einer erst vor kurzem asphaltierten Straße, die geradeaus ins Land stieß, von alten Bäumen gesäumt, zu beiden Seiten, wie sie immer irgendwo die Landschaft durchzogen und die Richtung angaben, man sah die Alleen schon aus der Ferne, manche schon von weitem, wie sie bläuliche Reiselinien am Horizont zogen, die einen immer weiter in die Welt zu führen schienen. Er fuhr zuerst das Viosneflüßchen entlang, an dem die hohen, hellgelben, rauschenden Pappeln sich vor den dunkelblauen Abhängen des Tals abhoben, gesäumt von hohen Mauern, hinter denen man die blaugrauen Dächer der Schlösser erriet, vor denen vor gar nicht so langer Zeit hohe Kutschen, elegante Herren in Zylinder und Mädchen in Krinolinen vorfuhren. Er stellte es sich vor, wie er es bei Maupassant oder Balzac gelesen hatte.

Eine steile Abkürzung schob er das Rad hinauf und kam auf die Ebene, die leicht gewellt in der aufsteigenden Sommerhitze waberte. Er wollte erst im Lauf des Nachmittages ankommen, der Freund hatte ihm gesagt, er solle zum Mittagessen kommen, er hatte aber abgelehnt, er wolle nicht zur Last fallen, so brauchte er sich auch nicht zu beeilen und konnte über die Dörfer fahren. Brote hatte er sich in einem Proviantbeutel aus grauem Tuch mitgenommen, der ihm beim Radeln auf den Bauch rutschte und den er immer wieder über die Schulter zurückschlug. Er hielt auf den kleinen beschatteten Dorfplätzen, in der hellweißen, steinernen Stille. In den kleinen frühgotischen Kirchen verschnaufte er, genoß die Frische, zog sich die Socken hoch und suchte an den Wänden Bilder irgendwelcher Märtyrer oder ausgepeitschter Heiliger.

In einer Bank sitzend, schaute er auf die Michelinkarte und zugleich auf das weiß gekalkte Gewölbe mit dem kleinen Fenster in der Wand, es hatten da in all den Jahrhunderten schon so viele Leute gesessen, die alle ihr Leben gehabt hatten, ihre Erinnerungen und Ängste, vielleicht hatten sie auch irgend etwas verbrochen, an das sie dort dachten, oder sie stellten sich etwas vor, sie hatten so viel von der Landschaft gesehen, vielleicht waren sie mit dem Pferdewagen weit hinter die Hügel gefahren, manche hatten vielleicht lange Reisen unternommen, nach Amerika oder Süd-Ostasien, wo doch Frankreich noch Kolonien hatte.

Auf der Michelinkarte, die sich bequem zusammenfalten ließ, war Chaumont leicht zu finden gewesen, er wußte schon lange, wo das war, er hatte nur, um sich vorstellen zu können, wie die Landschaft weiter aussehen würde, noch einmal draufgeschaut, und es fiel ihm auf einmal ein Name auf, Dangu. Es stockte ihm beinahe der Atem, denn war das nicht der Name des Ortes, wo nun der Aufseher war, der sich damals seiner angenommen hatte, und bei dem er so oft im Zimmer gewesen war?

Er schloß die Augen: Er hatte sich bei ihm trotz der Strafen in Sicherheit gefühlt, er hatte mit ihm in hellen Sommernächten so oft den Mond aufsteigen sehen und sich in dessen Schutz begeben. Es durchfuhr ihn ein Schauer, als gebe es auf einmal eine Möglichkeit, eine Erwartung, die er an sich heranlassen konnte, eine Aussicht, wie ein weites Reiseziel. Er konnte sich das alles vorstellen. Auf einmal war die Angst zu ersticken von ihm abgefallen, seit Monaten war es ihm gewesen, als bewege er sich durch eine ihn umschließende schleimige, alles umgebende Schicht.

Er stieg wieder auf das Rad, und bald fuhr er auf der kurzen Ebene, die ringsherum von Waldungen, Dörfern, von Wegeinschnitten, die in den Horizont hineinreichten, unterbrochen wurde, und immer wieder neu ansetzte, um sich richtig als Ebene ausbreiten zu können. Bald wurde die Sonne glühend heiß, unter der die Kornfelder waberten, die die gerade Linie der Straße durchzog. Auf einmal war auch diese Ebene zu Ende und stieß balkonartig auf weite blaue Hügellinien, die neue unbekannte Landschaften ankündigten; die Straße bog ab und zog in Schleifen in ein steiles Tal, das auf der anderen Seite in die Kleinstadt auslief, die die Weitsicht verdeckte, sie bestand aus niedrigen Häusern mit hohen Schieferdächern und einer sich schlängelnden Hauptstraße, an einer Kreuzung stand das Hotel »Au Grand

Cerf«, ein Fachwerkhaus mit Gardinen an den Fenstern und einer stehenden Speisekarte, die ein bemützter Holzkoch den Passanten entgegenhielt. Er schaute sie sich nicht einmal an, war er doch eingeladener Gast, hätte er hingeschaut, wäre es gewesen, als wolle er prüfen, ob man ihn auch entsprechend bewirte.

Er bekam Speisen, von denen er nicht einmal wußte, daß es sie gab, die noch vor Hitze schäumten und herrlichen Butterduft ausströmten, man saß an einem Tisch, dessen Decke bis zum Fußboden hinunterreichte, die Teller wurden immer wieder ausgetauscht. Er schlief in einem riesigen Bett, als wäre er ein zahlender Hotelgast, dabei war er doch nur ein eingeladener Nichtsnutz und Zechpreller, er mußte laut auflachen bei dem Gedanken, daß die Eltern seines Freundes nicht einmal ahnten, was für einen sie da unter ihrem Dach beherbergten.

Am nächsten Tag gingen beide zur Burgwiese oberhalb der wundervollen Renaissancekirche hinauf und lasen sich gegenseitig ihre Meisterwerke vor, Kellerlichts hieß *Das Auge Gottes*, das von einem Handelsvertreter in hellblauer Hose und Kreppsohlen erzählte, der andere las Gedichte vor, in denen von »Schultern der Quellen« die Rede war, jeder machte dem anderen Komplimente, im Gras liegend, und hielt sich für den viel größeren Dichter. Um sie herum das große Atmen der Bäume und die Himmelsflucht, der Burghügel lag weit über der Gegend, einzig sichtbar der Sims der auf halber Höhe stehenden Dorfkirche, alles war wie die

Ausweitung der Zukunft, die Jugend war das: eine fast unerschöpfliche Zeitspanne vor sich.

Ihm kamen keine sonstigen Gedanken, er vermied auch jegliches Gespräch, das auf Mädchen führen würde, der andere, dessen schon, wie er so dasaß, behaarten Beine ekelten ihn an; er fürchtete, der Freund würde ihn anlächeln, wie er es oft tat, wenn davon die Rede war, aber von Mädchen wußte Arthur nichts, er wußte kaum, wie sie beschaffen waren und fürchtete sich vor ihnen; sie würden sich doch nur über ihn lustig machen, er wußte, wie schnell er immer kam, wie wenig er sich zurückhalten konnte, sie würden ihm seine Jungfräulichkeit sofort ansehen und das andere erraten und sich betrogen, hintergangen fühlen.

Am späten Nachmittag sollte er fahren, vorher aber wollte man noch zum Markt in die Nachbarstadt mit dem Auto, er war erst selten Auto gefahren, daß es jedesmal wie ein kleines Abenteuer war. Das Dienstmädchen sollte mitfahren, so daß man zu viert im kleinen Wagen saß. Die Mutter fuhr, der Sohn neben ihr. Hinten hatte sich das Dienstmädchen einfach auf Kellerlichts Schoß gesetzt und sehr rasch, kaum war man aus der Kleinstadt heraus, daß es ihm kam wie noch nie, so daß sich beide abküßten, er, der doch keine Ahnung von Mädchen hatte, sie schmiegten sich so aneinander, daß die Mutter des Freundes auf einmal hielt und sie das Dienstmädchen vorn und den Sohn hinten sitzen ließ, sie wollte keine Geschichten mit dem Personal.

Auf dem Rückweg fühlte er sich auf einmal heiter und selbstsicher, also konnte er es doch mit Mädchen, er wußte es bestimmt, er würde ein Mädchen kennenlernen und heiraten, und es schwirrte ihm der Name Dangu durch den Kopf, und er fühlte, wie in ihm wilde Vorstellungen aufkamen, hinter denen das Mädchen, dessen Name er nicht einmal wußte, verschwand. Er hatte sich nicht getraut zu fragen, ob Dangu sehr weit sei, man hätte ihm Fragen gestellt, und er hätte sich bestimmt geschnitten und verhaspelt. Man hätte irgend etwas geahnt und wäre weiter in ihn eingedrungen, und er hätte gestehen müssen, was keiner wissen durfte, der davon nichts verstand. Ja das konnte er keinem gestehen, daß er die Strafen liebte, das Warten, das lange Ritual dann. Er brauchte es dringend und nicht nur aus eigener Hand mit selbst gebrochenen Gerten, er brauchte die unnachgiebige Strenge eines richtigen Erziehers, der ihn vornehmen würde.

Diese Gedanken verwirrten ihm beim Radeln und er schlingerte auf der geraden Landstraße hin und her und lachte in sich hinein bei dem Gedanken, was sich die Leute denken würden, wenn sie von seinen Inbildern wüßten, und nun hatte der Name Dangu sie wie versehentlich aufgefrischt. Er erinnerte sich an die Witterungen, daran, wie er passende Zweige von den Bäumen brach, er fragte sich, wie das Licht zu welcher Nachmittagsstunde war, ob man in der Ferne Stimmen hörte, ob das Bächlein schäumte oder nur ein Rinnsal war.

Manche dieser Nachmittage stiegen in ihm auf, jeder mit seinem eigenen Licht mit Regen oder hochgoldenen Wolken oder sinkender Sonne, wie er hinaufging zu dem, was ihn erwartete, ob Steinchen gerollt waren oder nicht, ob er nach links an der Grasstelle vorbeigegangen war oder nicht, und immer vor Augen die Weglinie, auf der er drei Jahre vorher den Deutschen begegnet war, die ihn abholen gekommen waren. Es war noch gut gegangen, sie hatten ihn nicht erkannt oder so getan: ein Blonder mit blauen Augen, der war von woanders; er gehörte ganz sicher zu denen. Damals hätte man ihn mitgenommen, es hätte ihn in seiner Schuldigkeit kaum gewundert.

Und hier, auf der Landstraße zwischen Chaumont und Épiais-Rhus, dasselbe hohe Spätnachmittagslicht, es hatte etwas Klares, immer weiter Ausholendes zum Träumen und Erwarten, er wunderte sich über solche Selbstabenteuer, daß sie ihn derart verwirrten, ihn in Aufwallung brachten.

Er wußte, daß Robert de S., sein Erzieher, also nicht weit in einer Art Schloß war, einer Jugendstrafanstalt, die von Priestern geführt wurde. Er hatte ihm oft von katholischen Strafanstalten erzählt, wo das Bestraftwerden zum Lebensinhalt, vor allem der größeren Zöglinge geworden war, manche von ihnen lebten in einer ständigen Exaltation und lebten fieberhaft immer in Erwartung der ihnen zugedachten, stets unvermeidlichen Bestrafung, auf die sie manchmal zwei bis drei Tage warten mußten, wie sich dadurch ihre Selbstwahrnehmung verfeinerte, er, Arthur Kellerlicht, wisse es doch selbst, wie es die Selbstwahrnehmung zuspitzte, die zu einer Art inneren Trance wurde, wie das Warten auf die Scham, den Schmerz und die Schande zu einer Art Andacht wurde, wie es zur intensivsten Selbstanalyse führte, zur Selbsterkennung, wie sie sonst undenkbar ist.

Es war bestimmt ein heruntergekommenes, für wenig Geld als Erziehungsheim verkauftes Schloß, wie er selbst eins bewohnte, groß wahrscheinlich mit hohen leeren Räumen, in denen die Farbe abging, wo man Platz hatte, es war ein strenges Heim, und er stellte sich den gebohnerten, hellbraunen Fußboden vor, auf dem das kurze Steckenpferd sehr leicht in die Mitte zu schieben wäre. Wie immer ist das Steckenpferd oben gepolstert und mit einem Wachstuch bezogen, damit die nackte Haut nicht allzusehr von den scharfen Holzkanten angegriffen wird. Manche solcher Holzpferde wiesen vom Hin- und Herwetzen ein wenig abgenutzte Stellen auf. Man hört förmlich das Geraune, alle die Geräusche in der sonderbar angespannten Stille, das Sirren in der Luft und das Stöhnen vor allem. Draußen weht das schüttere Herbstgras im Wind, durch die hohen Fenster sieht man weit in die Lande hinaus, und hinter den Birken die Haselsträucher, deren Zweige so leicht zu erreichen sind. Abends dann hatte man sich vor die Tür des Erziehers zu stellen, nur mit Nachthemd bekleidet, viermal hatte man anzuklopfen.

Von Birken eine Rute
Gebraucht am rechten Ort
Befördert oft das Gute
Mehr als das beste Wort[1]

Alles kam ihm wieder hoch, er hatte Futter und Bilder-
reserven für Monate, daran konnte er tagelang zwi-
schendurch immer knabbern, es sich vorspielen so oft
er wollte. Langweile hatte er nicht zu befürchten. Sobald er in seiner Bude sein würde, wollte er den Brief an
seinen ehemaligen Erzieher aufsetzen.

Er fuhr die kleine Abzweigung, die nach Osny her-
unterführte, es war ein kleiner Umweg, aber mit dem
Rad war das ein Katzensprung, der Weg führte steil zu
den Pappeln Cézannes herunter, an denen er schon
mehrmals vorbeigegangen war, mit einigen anderen
nach der Zeichenstunde, in denen immer vom Impres-
sionismus die Rede gewesen war. Vor einiger Zeit war
er abermals dagewesen und durch das hohe Gras gegangen, hinter den Bäumen zu einem alten, kleinen be-
dachten Gemäuer, dessen steingraue Farbe den Ansatz
zwischen dem hellen Grün des Grases und dem der
aufdunkelnden Pappeln unterbrach. Die Luft war
durchsonnt und summte von Insekten. In der Stille
zwischen den leisen Windböen meinte er Stimmen zu
hören, die aus der alten Steinbaracke kamen.

Von plötzlicher Neugier ergriffen, schlich er heran

---

[1] Wilhelm Busch, *Gedichte*

142

und sah zwei ineinander verschlungene Körper. Die beiden waren völlig unbehaart und schienen sehr jung zu sein, und man sah, wie der Jüngere vor Lust die Augen schloß. Sie merkten nichts von seiner Gegenwart, und seine Verwirrung war so groß, daß er fasziniert immer weiter zusah, und in dem Augenblick, als er sich auf sie stürzen, sich die Kleider vom Leib reißen wollte, war er plötzlich wie aus Angst vor sich selbst davongerannt, er wußte, lebenslang würde er sich an alle Details dieser Rückfahrt erinnern, an jedes Holpern, an jedes vorbeiziehende Haus, an jeden abbröckelnden Beschlag, an die verblassten Farben, an die Felsenkurve, die nach der Oise kam, an das Geräusch beim Überqueren der Brücke, an alle Einzelheiten, die das Gesehene verdecken würden und seine Vorstellungen, wie er auf allen vieren unter den Hieben kriechen und winseln, wie er sich lippenfertig und ergeben erweisen würde.

Einmal mehr überfiel ihn aber das schlechte Gewissen, er sah sich dem Abscheu ausgesetzt, er gehörte nun einmal zum Abschaum der Welt, da war nichts zu machen, und er mußte hinnehmen, wie es war, wer er war. Als er dann, im Schloß angekommen, am Büro vorbeiging, rief man ihn hinein, und zum Glück hielt er in der Hand das kleine Heft mit Gedichten, das sein Freund ihm zu lesen gegeben hatte, und das er vor sich halten konnte, damit man es ihm nicht ansah, denn sofort dachte er, es handele sich um eine Einladung nach Dangu, vom Erzieher, mit dem er in Verbindung geblieben war, aber man übergab ihm statt dessen einen

Brief aus Deutschland, sonderbar frankiert mit einer kleinen, blauen rechteckigen Marke und neben der Briefmarke die Inschrift »Notopfer Berlin«, den las er aber erst eine Stunde später, nachdem er sich vorgeladen hatte, er mußte wegen seiner schuldigen Wünsche bestraft werden, er klopfte viermal an der eigenen Tür an, ließ sich hinein und warten, mußte dann nackt in Socken vortreten und verurteilte sich zu dreimal fünfundzwanzig.

Wie dem auch sei, es war etwas Deutsches, eine Reglosigkeit, ein Strammstehen an ihm, eine Waghalsigkeit in kurzen Hosen, bei der er vorsprechen mußte, eine sonderbare Bereitschaft. Er, der bei dem kleinsten »falschen« Gedanken sofort rebellierte, der sich kein Wort, keine Bemerkung gefallen ließ, der sich stets jedem Befehl widersetzte, war zu jeder körperlichen Untertänigkeit bereit, es mußte nur der Körper gemeint sein, und schon würde er sich fesseln, aufhängen lassen, in Leder stecken oder sich verklammern lassen, und dann so gezwängt, gegängelt, geknebelt, streng »gemiedert« und ausreichend gezüchtigt, würde er jeden Befehl befolgen und, wer weiß bis wohin, auch ausführen. Wie gerne wäre er Stallknecht gewesen, der der Herrin den Bügel zum Aufsitzen hält, und die ihn dann auffordert, in den Stall mitzukommen, zur Strafe. Wenn er dann später in seiner schönen blauroten Dienertracht hinter der Kutsche auf dem Hinterbrett stehend durch die Dörfer fährt, wird keiner ahnen, was dem Jüngling kurz vorher

widerfahren ist, keiner kann seine roten, jedoch ver-
zückten Augen sehen, die doch kaum über das Karos-
sendach schauen können.

Erst dann öffnete er den deutschen Brief. Schon einige
hatte er bekommen, dieser war nicht vom inzwischen
gestorbenen und nie wiedergesehenen Vater, der im
August 1945 aus dem KZ Theresienstadt doch zurück-
gekommen war, sondern von der viel älteren Schwester,
die schon lange erwachsen war, als er, Arthur, geboren
wurde.

Aus dem mütterlichen, vermeintlich liebevollen Ton
des Briefes hatte er herausgelesen, daß man ihn nach
wie vor für ein Problemkind hielt, für das liebe, unzu-
rechnungsfähige, unreife, für das ein wenig verrückte
Sorgenkind der Familie: Über seine schlechten Gewohnheiten war natürlich viel gemunkelt worden, er
wußte, daß die Mutter der Schwester einen langen, be-
stürzten Brief geschrieben und erzählt hatte, man habe
ihn zum Spezialisten am Jungfernstieg bringen müssen,
der seine Spätentwicklung bestätigt hatte.

Im Internat in Savoyen war man auch sofort im Bilde gewesen, da hatte der Arzt über seine Lenden ge-
strichen und gemeint, er sei ein Spätentwickler, und
tatsächlich, mit zwanzig war er noch immer im Stimmbruch. Was im Internat von den einen wie den anderen
gemacht worden war, dem wußte er keinen Namen zu
geben, eins nur wußte er, dafür wurde man unweigerlich bestraft, mit einer dazu wieder anregenden Strafe.

Weil er »es« wieder gemacht hatte, wurde er jedesmal wieder bestraft, es war doch sonderbar für etwas bestraft zu werden, was keinen etwas anging oder schadete, war er denn nun ein Wissender geworden? Wie Kinder auf die Welt kamen, wußte er nicht genau und auch nicht wie eine Frau in Wirklichkeit war, die hatten einfach ein Dreieck mit einer Ritze in der Mitte. Von Frauen erwartete er immer nur die herrliche, brennende demütigende Strafe, und die Frauen, die er gekannt hatte, wußten wie es mit ihm bestellt war, wie er aussah, wer er war, wie er schrie oder bettelte, wie seine Stimme in allen möglichen Stimmlagen sich anhörte. Das hatte der Vater nie wissen dürfen. Zum Glück tauschten sie nur Briefe aus, und er konnte nichts erahnen, nur vermuten. Der Vater hätte nicht sehen dürfen, wie das eine das andere ergab, wie die spärlichen und helleren Beleuchtungen einander folgten, wie es im Schlafsaal beschaffen war und wie die Körper nach anderen Körpern lechzten, wie leicht und selbstverständlich es war, mit einem anderen zu spielen, bis man derart überwältigt wurde, daß man sich fragte, wie eine solche Wollust möglich sein konnte, die doch für einen einzigen viel zu mächtig war, als gehöre sie nicht zu einem. An das helle Fenster, das in der Dunkelheit die Wandtäfelung wie einen Widerschein sichtbar werden ließ, würde er sich lebenslang erinnern.

Der Umschlag war von der großen rundlichen Schrift der so viel älteren Schwester beschrieben, die er sofort erkannte, sie erinnerte an die ein wenig noble und gestelzte Schrift der Mutter, man sah, daß die Schwester Erfahrung hatte, aus »gutem Hause« war, die Adresse stand auf dem unteren Teil des Umschlags, so daß es genügend Platz für den Poststempel gab. Der erste Brief, den er von ihr bekommen hatte, kündigte ihm den Tod des Vaters an in erlernten, angemessenen, vorsichtigen Worten, ihm war vor allem die große blaue Briefmarke mit »Leipziger Messe« in Erinnerung geblieben, diesmal war es eine grüne Marke und daneben die Notopfer Berlin-Marke.

Es war sogar ein Umschlag mit Futter, dann ging es also den Deutschen nicht einmal so schlecht, daß es noch solche Papierwaren gab, oder man hatte ihn extra aufgehoben und gerade ihm die Ehre gemacht, das war erstaunlich, da doch die ältere Schwester wußte, was die Mutter von ihm hielt, sie wußte doch, daß er für meschugge gehalten wurde und für einen bösen Jungen.

Es war ein sonderbar freundlicher, aber doch gewundener Brief, als erstes wurde er ganz herzlich eingeladen, man freue sich, ihn in seinem Geburtshaus zu haben und so könne er seine Neffen begrüßen. Da es doch die reiche Beschützerin gebe, könne sie ihm doch ohne weiteres die Reise finanzieren und da davon eben die Rede sei, bitte man ihn, durch eine handgeschriebene Erklärung auf die Zurückerstattung seines Geburtshauses zu verzichten, wie es der ältere Bruder in seiner edlen Gesinnung sofort ohne weiteres getan habe.

Das Familienhaus war von den Nazis der Herkunft wegen beschlagnahmt und für wenig Geld vom Patenonkel gekauft worden. Wieder einmal fühlte er sich wie ertappt. Sollte er die Erklärung nicht schreiben, wäre er wieder einmal ein Böser, dabei war es von ihm eine gute Tat. Er war doch heil davongekommen. Ihm war doch eigentlich nichts passiert. Im Sommer '42 und '43 hatte er ein wenig gehungert und sogar mit den Kühen zusammen gegrast, hatte sich mit Kleeblüten vollgemampft, ein wenig Angst hatte er auch gehabt, man war sogar gekommen, ihn abzuholen, samt Bruder oder besser Bruder samt ihm. Man hatte ihn, da er doch der Herkunft wegen beseitigt gehörte, bei Bauern in Sicherheit bringen müssen, bei denen er, wenn die Deutschen kamen, sich unter dem Heu verstecken mußte. Dann Ende 1944, zurück im Internat, hatte er nicht einmal mehr vor Heimweh geheult, er kriegte es zu sehr mit der Rute ab, als daß er für so etwas noch Zeit gehabt hätte, und er war immer noch ein »unnützer Esser«, ein verpisster Bösewicht, der etliche Matratzen verdorben hatte, und für den war man die ganze Zeit aufgekommen. Man hatte diesem verkommenen Kauz Kost und Behausung beschert, und dazu hätte er auch noch Anspruch auf ein Haus, wo er schon lange nicht mehr wohnte, vielleicht wollte er sogar auch den deutschen Opfern ihr Eigentum abluchsen, sie, die deutschen Opfer, die doch so sehr gelitten hatten.

Eine noble Seele war er, das sollte man feststellen, wie könnte er es verweigern, seiner Familie zu Hilfe zu kommen. Ja, es war richtig, ihm war nichts passiert, er hatte von zu Hause weggemußt, zehnjährig, man hatte ihn verstecken müssen, man hatte nach seinem Leben getrachtet, aber er hatte davon wenig mitbekommen, was hätte er denn zu erzählen gehabt, worüber könnte er sich denn beschweren? Auf einmal aber kam ihm die vertraute Landschaft wieder hoch.

Auf extra dafür gekauftem Briefpapier schrieb er es auf, in besonders lesbarer Schrift: »Ich Unterzeichneter Arthur Emil Gottfried Kellerlicht, verzichte hiermit auf jegliche Forderung nach teilhafter oder vollständiger Rückerstattung meines Familienhauses, Farndamm 26 in Reinbek bei Hamburg, welches, zum Schutz meiner da wohnenden Eltern, 1941 von meinem Patenonkel Peter Wüsterlin zu ihrem Schutz aufgekauft wurde.«

Im Brief der älteren Schwester war noch hinzugefügt worden: »Die Beglaubigung der Urkunde nicht vergessen.« Er unterdrückte seine leise Entrüstung über den Ton, tat aber dann vor sich selbst, als hätte er nichts bemerkt.

Auf dem Polizeirevier, wo der Kommissar seine Unterschrift mit dem runden Siegel der République Française mit der Marianne in der Mitte, die die Römische Faszes hält, beglaubigen sollte, hieß man ihn hinter der Theke warten, der Kommissar hätte im Augenblick Wichtigeres zu tun. Nach einiger Zeit kam er aus seinem Büro heraus, ein Herr in Anzug mit Fliege, der das Papier in der Hand hielt, sich den Betreffenden zeigen ließ, sich sehr freundlich zu ihm wandte und ihn fragte, ob er seiner Sache auch sicher sei, ob er eigentlich verstehe, was er da mache, daß er sich selbst in den Fuß schieße, und warum er denn eigentlich zugunsten dieses Herrn auf sein Eigentum verzichten wolle? Arthur erklärte, wieso er zur Dankbarkeit verpflichtet sei, worauf der Kommissar ihm sagte, so eine Geste wie die seines Paten sei höchstens einen Blumenstrauß wert.

Verträumt und verstört ging er durch die Stadt hinunter und über die Brücke zu seiner Bude. Man gab ihm das entsprechende Reisegeld, nicht ohne daß seine Kusine auch ihr Erstaunen zum Besten gab und sich wunderte: »Da du das zu brauchen scheinst, fahr doch zu deinen Leuten, du wirst aber bald merken, daß die dich weder brauchen noch wollen.« Der Bevollmächtigte der Bank händigte ihm das Reisegeld in seinem zweifenstrigen Büro mit Teppich aus. Die Bank befand sich mitten im Herzen des bourgeoisen Paris des 19. Jahrhunderts mit hohen Bürohäusern, wo das Licht kurz und fahl war und man sofort woanders sein wollte, die Straßen waren ziemlich eng und verliefen auf der Süd-Nord-Achse, ohne die gewöhnlichen Blickschneisen, die es sonst in Paris immer gab.

Nun hatte er nur noch auf das Visum des Englischen Konsulats zu warten, von dem damals Hamburg und die englische Zone abhingen. Er war stolz, einen französischen Paß in der Tasche zu tragen, hatte viel Zeit und ging vor sich hin durch die Straßen, befand sich auf einmal auf dem Boulevard, stieg in die Métro und fuhr stationenweise aufs Geratewohl: *Rue Montmartre, Bonne Nouvelle, Strasbourg-Saint Denis, République, Oberkampf und Richard Lenoir*, wo er noch nie gewe-

sen war, da stieg er aus. Es war ein sonniger heißer Som-
mermittag mit kurzen Schatten. Zu beiden Seiten war
der Boulevard von Bäumen gesäumt und in der Mitte
verlief ein breites, auch von Bäumen gesäumtes Trottoir, wo Bänke standen, er ging da in der Mitte und sah
von ferne die Säule der Bastille.

Er hatte irgendwann ein Chanson gehört, in dem ein
Junge am frühen Morgen aus dem Elternhaus schleicht,
er hat den Rucksack gepackt, ohne daß die Eltern davon wußten, er hatte es nach und nach vorbereitet, seine wenigen Sachen, zwei von den kleinen Spielautos
hineingetan, sich ein Hemd und eine Jacke genommen,
und als die Eltern schliefen, war er ganz leise aus dem
Haus heraus und zum Bahnhof gegangen, wo er sich
von seinem Taschengeld eine Bahnkarte gelöst hatte,
zum Erstaunen des Beamten am Schalter, zur nächsten
Hafenstadt, und dann im Zug war der Junge auf einmal
in Tränen ausgebrochen, er sah vor sich alles, das Haus,
die Treppe vor dem Eingang, sein Zimmer und die Eltern, die verzweifelt waren. Für Kellerlicht war es umgekehrt gewesen, er war nicht ausgerissen, man hatte
ihn verstoßen und auch ihm kamen sofort die Tränen,
wenn er an sein verlorenes Zuhause dachte, ganz anders
hatte es für ihn kein Zurück gegeben.

Seitdem er wußte, er würde in wenigen Tagen nach
Deutschland fahren, war eine Unruhe in ihm, es kamen
in ihm farbige Bilder auf, mit viel Wald, Wiesen und immer die rote Backsteinschule, als solle es noch einmal
Kindheit werden mit dem Druck in der Brust und den

rudernden Armen. Gedanken hatte er keine, er war nur in sich selbst und sah von oben, wie er da ging, sonst war nichts in ihm, immer nur jene leere Feststellung von sich selbst, die überall mit dabei war.

Er setzte sich auf eine der Bänke, die regelmäßig den breiten Mittelstreifen des Boulevards säumten; nach einigen Augenblicken setzte sich neben ihn ein jüngerer Mann in Shorts, verwirrt schaute Arthur auf die beiden Schenkel, auf die Ausbeulung, die sich unter dem Stoff abzeichnete. Der andere sprach ihn sogleich an, wo er wohne, ob er von einem Mädchen käme, und Arthur lief feuerrot an und verneinte vehement, ob dann von einem Mann oder Jüngling, und da er wieder verneinte, worauf nichts zu antworten war, und um sich herauszureden, fing er an, vom Internat zu reden, und wie geschossen stürzte es ihm aus dem Mund von den Strafen, von den Gerten und allem Zubehör, vom langen Warten und allem anderen und vom Aufseher, von jeder Einzelheit der Treppe, des Geländers und jedes Absatzes mit allen Einzelheiten der Türrahmen: daß er sogar gezwungen worden war, an der Klassentür der Kleineren anzuklopfen, um zwei Vierzehnjährige zu seiner Strafe am Nachmittag einzuladen, die ihn betteln, tänzeln, aber nicht von der Stelle weichen sehen würden, daß ihn solche Demütigung und Schande exaltiert hatte, so daß der andere ihn mitnehmen wollte, er wohne direkt am Boulevard und plötzlich, aber unverrichteter Dinge, war er auf einmal mitten auf dem Boulevard fortgelaufen und hatte den anderen im Stich gelassen.

VI Fahrt

Er hatte für die Reise Proviant eingesteckt, hatte sich
von der Köchin des Waisenhauses Margarinebrote geben lassen und nun war es schon lange nach Mittag,
und der Zug durchfuhr das französische Land. Pappeln-
gesäumte Wiesen zogen vorbei, schüttere Waldungen
mit weit ausgedehnten seichten Anhöhen, und ab und
zu ein vereinzeltes Haus oder ein vorbeihuschendes
Dorf mit einem nun öfter neueren Kirchturm, denn
man fuhr durch eine vom Ersten Weltkrieg verwüstete
Gegend, wo alles niedergeschossen worden war. Auf
einmal aber, ein wenig schräg zum Zug, inmitten einer
Anhäufung von Dächern, am Hügelrand, die Kathe-
drale von Saint-Quentin, wie ein Ruderboot zu Land.
Nach einer weiteren Stunde kam die Grenze, Jeumont,
ein langer Bahnhof mit einem endlosen Bahnsteig und
vielen Türen nebeneinander, es standen da Gendarmen
überall, und es sah noch nach Krieg, Flucht und Unglück aus.

Bald wußte man, man war in Belgien, die Backstein-
häuser waren alle gelb oder grün angestrichen, die Fen-

ster waren ganz anders als in Frankreich, die Bahn fuhr an langen Mauern entlang, wo die Inschrift Collège Saint-André oder Collège Saint-François zu lesen war unter langen Schieferdächern, das waren katholische Internate, von denen es besonders viele in Belgien gab, und er stellte sich die jungen Leute vor, wie sie vor ihrem Beichtvater knieten und immer dieselben Sünden wider das Fleisch gestanden, wie sie danach befragt wurden, ob mit der Hand, mit einem Gegenstand, einer Serviette etwa, auf dem Bauch liegend oder auf allen vieren oder auf dem Rücken, ob sie es sofort kommen ließen oder anhielten, und dann wie viele Male, ob sie es bis zwölfmal oder öfter zurückhielten, was natürlich die Sünde um so mehr verschärfte, ob sie dabei an Frauen dächten, an Brüste oder an das Geschlecht, oder ob sie an andere Knaben oder gar Männer dächten, ob an vorne oder an hinten, ob sie es auch im After gehabt hätten und dann von wem? Fragen, die ihm auch, wenn er zur Beichte gegangen war, immer wieder gestellt worden waren, denn obgleich evangelisch, hatte er sich bekehren lassen, auch aus Dankbarkeit, ein katholischer Pfarrer hatte damals für seine Sicherheit gesorgt, der Bauer, bei dem er versteckt wurde, war ein Cousin, und so wurde er wie die anderen als junger Katholik betrachtet, das umgab ihn, auch sich selbst gegenüber, mit einer sonderbaren, erregenden Aura.

Und er stellte sich vor, er sei auch so ein junger Oberschüler aus betuchter Familie oder sogar ein junger Seminarist, und die Verwirrung überfiel ihn, wie er so da in seinem Abteil eingezwängt saß. Er fürchtete, die Sitznachbarn könnten, wer weiß, ihn zur Rede stellen. Alle redeten durcheinander über Fahrziel und Aussteigen und Verspätung, schwerlich konnte er stumm bleiben, antwortete aber spärlich, um sich nicht in unverlangte Geständnisse zu verfangen. So wenig er auch sagen könnte, man würde sich ihn doch sofort in der »Stellung« vorstellen. Man sah es ihm doch an, daß er kein Mädchen hatte, er hatte sich, obgleich er schon weit über Zwanzig war, noch nie rasiert, und der Arzt, bei dem er wegen des Verdachts seiner Kusine gewesen war, hatte es ihm gesagt, er sei noch lange nicht reif, ihm wuchs nicht einmal Flaum über der Lippe, und das mußten die Reisenden doch gemerkt haben. Wenn er zu fasziniert zu den »Collèges« schaute, würden sie vielleicht die Notbremse ziehen und ihn rausschmeißen lassen.

Er vertiefte sich ins Schauen, alles war ganz anders als in Frankreich, die Fenster erinnerten ihn plötzlich an die aus seiner deutschen Kindheit, mit dem breiten Oberlicht, das es in Frankreich nicht gab, vor allem wunderte er sich, daß es in Belgien so felsig war, daß man so tiefe Täler durchfuhr und darin verschwand, um in einem nächsten wieder zu erscheinen, von Tunnel zu Tunnel.

Vom schlechten Gewissen, von der Scham kam er nicht los, und sie steigerte sich maßlos, als man sich der Grenze näherte. Eigentlich hätte es ihn gar nicht geben sollen, das wußte er ganz genau, man hatte ihn jedoch leben lassen, und statt sich dankbar zu zeigen, verseuchte er sein Bettzeug. Auf Fragen hatte er sich aber vorbereitet, in Frankreich und Belgien, er hatte es sich ausgemalt, da war nichts Besonderes zu fürchten, aber dann in Deutschland mit einer französischen Fahrkarte, da würde jeder staunen: »Aus Paris kommen Sie, junger Mann, na erzählen Sie mal.« Da war aber nichts zu erzählen. Der Zug fuhr langsamer durch eine auf einmal menschenleere Gegend mit viel Gehölz und hielt dann in einem ganz kleinen Dorfbahnhof namens HERBESTHAL. Um den Bahnhof herum verlief eine Holzplanke, und davor standen zwei englische Soldaten in ihrer sonderbaren hellgelben Uniform. Die Reisenden nach Deutschland wurden auf Englisch und Französisch in leise ironischem Ton aufgefordert, sich einem Emigration-Officer zu stellen. Kellerlicht stieg als einziger aus und zeigte seinen französischen Paß vor. Soweit er ihn verstand, wunderte sich der englische Offizier, daß ein junger Franzose, so einfach mir nichts, dir nichts, in dieses kriminelle Land fuhr.

Hinter der senkrechten Holzplanke begann auf einmal Deutschland und sofort suchte das Auge jede kleinste Einzelheit, ein Gitter, einen Durchlaß für das Vieh, das erste Haus, um in den Geschmack der verlorenen Heimat zu kommen, die ihn nicht mehr haben wollte. Was konnte denn er überhaupt, er, ein kleiner zehnjähriger Deutscher, verbrochen haben? Schon seit genau zehn Jahren hatte ihn die Frage nicht mehr losgelassen.

Es war sonderbar, in einem französischen Wagen mit dem Zeichen SNCF so durch Deutschland zu fahren, der Zug fuhr weiter nach Kopenhagen und hieß »Nord-Expreß«. Eine leise Angst hatte Kellerlicht ergriffen, die er bemerkte, weil er sich in dem Wagen irgendwie zu Hause fühlte, da konnte ihm nichts passieren, er war Franzose und stand unter dem Schutz der Republik. Der Zug hielt am ersten deutschen Bahnhof AACHEN, er versuchte den Dom Karls des Großen, den ältesten deutschen Bau, zu erblicken und erriet ihn hinter zerschossenen Mauern, halbierten Häusern, man sah noch etagenweise die Tapeten hängen. Der Bahnsteig war ganz anders, die Beschilderungen schwarz auf weißem Grund noch in Frakturbuchstaben, wie er sie aus seiner Kindheit kannte. Es stieg aber niemand in sein Abteil ein, ringsherum grasbewachsene Gleise, verlassene Schuppen und zerschossene Mauern, einige unbewohnte fensterlose Gebäude, überall unmerklich, aber doch gegenwärtig, Zeichen des Krieges, verbogene Metallgerüste, zerstörte Häuser.

Auf einmal aber Stimmengewirr, die Tür des Abteils wurde aufgerissen, und acht Personen setzten sich nacheinander, ohne ihn auch nur zu beachten, er, der sich in die Fensterecke drücken mußte, wo er sowieso nichts zu suchen hatte. Sofort hatte er es in den Blicken gesehen: Was sitzt der denn auf meinem Platz! Die meisten der eingestiegenen Reisenden, fast alles Männer, trugen blau gefärbte Militärmützen, sie wirkten etwas müde, verbraucht, aber auch zornig, sie schienen, schnell aufbrausen zu können, man fühlte, daß sie sehr schnell losschlagen konnten, ab und zu schaute einer nach ihm, sie hatten sofort verstanden, daß er von »Drüben« kam, ein Kriegsprofiteur aus dem Siegerland. Zum Glück wußten sie nichts von seiner Herkunft, es hätte sonst nach Mordlust gerochen.

Sie sprachen vom »Organisieren«, wie man Rasierklingen oder Motorradteile, Fahrräder oder auch Eier bekommen konnte, wo man Margarine oder Mehl gegen Gitterzäune eintauschen konnte. Alle Lebensmittel und Gegenstände, die genannt wurden, hätten leicht ein ganzes Geschäft füllen können, und das alles in seiner eigenen Kindersprache, laut dazu, damit er es auch hörte: Wie schwer man es doch in den drei letzten Jahren gehabt hatte und nichts zu essen und keine Heizung und nichts, bis man sich rein zufällig zu ihm drehte: »Na ja, junger Mann, da Sie doch Deutsch verstehen, aber, wissen Sie, zu Adolfs Zeiten war alles viel besser.« Der Schaffner war nämlich durchgegangen und hatte sich gewundert: »Aus Paris?« und gute Reise gewünscht.

Dabei kam ihm auf einmal das Deutsche ganz von allein, als hätte die Muttersprache in ihm nie aufgehört zu sein, als sei sie immer dagewesen. Die wunderten sich alle. Sie waren also als Deutscher im Ausland, bei den Feinden, wie kommt denn das? Und so mußte er erklären, obwohl er doch versucht hatte, nicht ins Gespräch zu kommen: Ja, er war Elsässer, Sohn einer elsässischen Mutter und eines französischen Beamten, der in Poitiers in der Präfektur arbeite. Zum Glück stiegen alle in Köln aus, so daß er Zeit hatte, sich auf die nächsten vorzubereiten: Elsässer aus Poitiers, das war eine todsichere Erfindung.

Man durchfuhr eine Ebene, von kleinen Waldpartien unterbrochen, wo schon Birken standen, Wege kamen auf die Gleise zu, auf denen er die ersten deutschen Radfahrer sah, dort fuhren auch Pferdewagen, die genauso aussahen wie sein früherer kleiner Leiterwagen, und einige Bahnübergänge weiter sah er tatsächlich einen, der von jemandem gezogen wurde, mit einer Deichsel und den größeren Rädern hinten und den kleinen beweglichen vorne und den schrägen Leisten seitlich, genau wie die Heuwagen, deren Nachahmung sie in Kleinformat zu sein schienen.

Der Zug durchfuhr das Ruhrgebiet, wo zu seiner Überraschung alles dampfte und rauchte, lange ineinander verschlungene, riesige Röhren liefen auf und ab der Strecke entlang oder über sie hinweg, dort standen Hochöfen, unter denen man die weiße Glut der Stahlgüsse fließen sah, lange Fabriken und dann Bäume und Wiesen und Landschaften, man fuhr durch Städte, wo halbe Häuser standen mit den Tapeten Etage für Etage, Waschbecken waren noch an den Mauerresten fixiert oder sogar Bilder, dem Wetter ausgesetzt, hingen dort noch eingerahmt, es wuchsen schon Bäumchen mitten im Schutt, der haufenweise am Straßenrand zusammengefahren wurde. Hagen, Hamm hießen die Bahnhöfe, wo immer jemand ein- und ausstieg und sofort zu erzählen begann, daß er gerade Teerpappe gefunden hatte oder wo man passende, gebrauchte Fensterrahmen finden konnte, wie man an Zigaretten kam oder bei welchem Schlächter es Schmalz gäbe.

Er hörte sich das alles verwundert an, all diese Erwachsenen, die in seiner Kindersprache, seiner Sprache sprachen, im Abteil waren nun nur noch fünf andere, alles Männer, zwei von ihnen trugen ein dunkelblau gefärbtes Militärkäppi und erwähnten immer den Barras und meinten, der Adolf hätte es doch richtig gemacht, und jetzt kämen die alten Profiteure von damals wie die Ratten zum Vorschein, und ihm, Arthur Kellerlicht, kochte der Sitz unter dem Hintern. Als man ihn ansah, was er davon dächte, stimmte er mit ein und wiederholte, er, er sei Elsässer und wüßte nicht so genau Bescheid, er sei also einer von ihnen, wurde ihm gesagt, und es sei schade, daß er jetzt zu Frankreich gehöre. Er wagte es nicht, vor lauter Feigheit, dagegen anzugehen.

Aus dem Fenster gelehnt, versuchte er in Münster den Lambertiturm zu erblicken, an dem, wie er wußte, die Käfige der Wiedertäufer gehangen hatten, in die man sie hineingezwängt hatte, nachdem man sie stundenlang mit glühenden Zangen zu Tode gefoltert hatte. Das Grauen erfaßte ihn jedesmal und doch auch Faszination, wie konnte es möglich sein, daß Menschen anderen derartige Schmerzen zufügten, von denen nur der wissen konnte, der sie erlitt?

Dann fuhr man durch Bremen, vom Bahnhof aus waren nur Brennesseln und Mauerteile zu sehen. Nicht ohne Aufregung wartete er dann am Fenster, daß Hamburg in Sicht käme. Auf einmal fuhr der Zug durch eine Art baumgesäumte Niederung, die sich an der Elbe ausbreitete, und dahinter ganz Hamburg, dessen Gebäude wie unversehrt den Horizont einnahmen, sie standen da, backsteinrot mit all den vertrauten Türmen: Michel, Nikolai, Rathaus, es fehlten aber Petri und der Katharinenturm, an dessen Fassade er als Kind die Backsteine bewundert hatte, die schon seit zwei Jahrhunderten übereinandergeschichtet dort lagen. Eine Beklemmung stieg in ihm auf und zerrte in seiner Brust, was hieß das, man hatte doch überall und immer wieder von der Vernichtung Hamburgs gehört, es sei unter den Bomben untergegangen, und nun lag es da, wie unversehrt, vor seinen Augen.

Erst einige Tage später sah er die Mönckebergstraße, die von den Brandbomben ausgelaugten Häuser, von denen an der Innenseite nur die von der Hitze glasierten Backsteinmauern übriggeblieben waren, und in Bodenhöhe die versteinerten, bräunlich verfärbten Anhäufungen des wie Wasser heruntergeflossenen Metalls.

Langsam fuhr der Zug über die Hohenzollernbrükke, zwischen deren Stäben Teile des Hafens und das Wasser, in dem sich die Stadt spiegelte, in senkrechten Streifen vorbeizogen. Sofort erkannte er die ineinandergehenden Hafenbecken, sogar die mit Grünspan bedeckte Eingangskuppel des Elbtunnels.

Und auf einmal stand der Zug unter der riesigen Glashalle des Hauptbahnhofs, aus dem er zehn Jahre früher vom äußersten Bahnsteig weggefahren war, für immer, ausgewiesen, des Landes unwürdig, ein Schädling, wie er es herausbekommen hatte, geburtsschuldig, und doch war er nun wieder da, aber nur oberhalb des Halses, darunter war er unwiederbringlich fort, die Gerüche, die Farben, die Stimmen waren nicht mehr die seinen. Die ganze Familie, Schwester, Schwager, Neffen und Nichte, dort nebeneinander, der Reihe nach aufgestellt, auf dem Bahnsteig, taten, als warteten sie auf ihn. Sie trugen Ausgehkleider, sorgfältig gebürstet, und er sah ihnen die Familienunruhe an, die er so gut kannte. Schon am Willkommensgruß erkannte er, daß er nicht dazugehörte, er war ein Besucher und nicht unbedingt erwünscht.

Man ging über die Treppe zum andern Bahnsteig, wo der Personenzug nach Reinbek wartete, bauchige Wagen mit all den Abteilen, von denen jedes eine Tür für sich ganz allein hatte, wie er sie die ganze Reise über in den Zwischenbahnhöfen auf anderen Gleisen vorbeifahren gesehen hatte, mit einer oben und unten ein wenig abgerundeten Tür, die innen gelb war mit einem Lederriemen zum Aufziehen der Fenster und in der Mitte der Aufschrift

Nicht öffnen
bevor der Zug
hält

mit dem Leerraum zwischen den Wörtern für den herunterhängenden Riemen. In manchen Wagen gab es sie nicht mehr, Fahrgäste hatten sie abgeschnitten, um daran ihre Rasierklingen zu schleifen, wie es in manchen auch keine Fensterscheiben mehr gab. In der Wochenschau hatte er einmal gesehen, wie von einem unter den Bomben explodierenden Zug die offenen Türen wegschwirrten, wie Flügel an dicken Insekten. Alle diese Züge waren durch den Krieg gefahren, die ganze Zeit mit so vielen Reisenden, während der langen Jahre des Zeter und Mordio. In den Abteilen saßen Menschen miteinander, und keiner wußte vom anderen, was sie alles gesehen hatten, was sie dachten oder wohin sie fuhren, vielleicht waren unter ihnen welche, die gerade in Neuengamme getötet oder gefoltert hatten und zum Mittagessen heimfuhren. Er versuchte an ihren Gesichtern abzulesen, wie es zur Nazizeit gewesen sein mochte, ob an ihnen etwas vom Entsetzen hängengeblieben war. In solchen Wagen war man vielleicht geflohen, mit einer Angst, die einem den Körper durchschnitt.

Man fuhr im langsamen Tempo aus dem Bahnhof heraus, er stand am Fenster und erkannte nichts, dort standen senkrecht einzelne Wände und Trümmerhaufen dazwischen mit Wegschneisen, die man da hineingeschaufelt hatte. Er versuchte die Stelle wiederzufinden, wo damals die U-Bahn plötzlich durch eine viereckige Öffnung in einer Art Häuserschlund verschwand. Er fuhr in Begleitung seiner Erinnerung, als sei sie noch Gegenwart.

In einem dieser Personenzüge hatte der Vater am 20. Juli 1942 gesessen und genau das gleiche, aber nur von der anderen Seite gesehen, da er in die andere Richtung, nach Hamburg, fuhr, er sah eine ihm seit Jahrzehnten vertraute Landschaft, er sah sie aber wie er sie noch nie gesehen hatte, auf eine Weise, die sich kein Mensch vorstellen konnte. Alles war wie sonst, der Mühlteich und dann die Böschung und die Wiesen, die auf einmal sehr breit werdende Bille und dann Bergedorf mit seinen roten Backsteinstraßen, die, vom Zug aus gesehen, nacheinander auf den Bahndamm zuzulaufen schienen und dann die langen, unbestellten Felder, von leeren Straßen durchzogen und kleinen Werften oder Werkstätten, und der große Gasometer von Tiefstack, und dann kam Billwerdermoorfleet. Nur daß er wie kein anderes Mal fuhr, schon der gelbe Stern, den er am Mantel trug, zeigte, daß er wie kein anderer sonst fuhr, am 20. Juli hatte er sich in der Moorweidenstraße mit 50 kg Gepäck, Wegzehrung, Wäsche, Kleidung und Decken einzufinden gehabt. Er wußte, er sollte deportiert werden. Und keiner konnte sich auch nur vorstellen, was in ihm vorging, wie er da so saß, verurteilt einfach, weil er geboren war. Er saß da in seinem Körper, wie jeder andere Mensch, und doch wurde über ihn verfügt, als sei er ein Möbelstück. Wie konnte man sich erdreisten, so über andere zu verfügen, als gäbe es sie gar nicht?

Arthur hatte bereits 1945 durch das Rote Kreuz erfahren, er sei am Leben und hätte in Theresienstadt überlebt, wo er der evangelische Seelsorger der deportierten protestantischen Juden war. Davon aber wollte Arthur nichts hören, wenn er daran dachte, schüttelte es ihn vor Scham, er konnte es überhaupt nicht denken, es lag jenseits jeder Vorstellungsmöglichkeit.

Er wollte sowieso nicht denken, denn zu jeder noch so kleinsten Gelegenheit konnte es ihm kommen, ein Baum, ein Wort, eine Beleuchtung genügten, und schon stand er da, Rute in der Hand vor der Schiebetür des Büros, wo er bestraft werden sollte. Angesichts des Furchtbaren also konnte in ihm so etwas entstehen, dem doch kein Haar gekrümmt geworden war, man war »ein wenig« ihn abholen gekommen, um ihn »ein wenig« zu vergasen, aber man hatte ihn nicht erkannt oder so getan, als ob, und auf vollkommen ungerechtfertigte Weise war er doch unbehelligt geblieben: Unnützer Esser, Bettnässer, Onanist, Lügner, Brotdieb, und so etwas strotzte vor Leben, wo doch Millionen andere, ohne irgend etwas je getan zu haben, einfach ausgerottet worden waren, vergast, und dann wollte er sogar sein Elternhaus vielleicht wiederhaben, das nun anderen gehörte.

Er saß da im Abteil auf Samt, zur Rückkehr hatte man ihm zweite Klasse spendiert, in der er noch nie gefahren war, und das ausgerechnet in dem Land, das ihn verstoßen hatte, und auf Kosten einer Familie, die ihn gerne sofort los wäre und ihn anschaute, um zu sehen, ob er lange bleiben werde. Er fühlte, da er doch aus der Ville Lumière kam, die stillen Vorwürfe, ob er wenigstens Geschenke mitgebracht hätte, Krokotaschen oder Parfümfläschchen, da er doch im Luxus schwelgte.

VII Vor Ort

Auf einmal stand das Haus da vor einem, mit Frontgiebel und Balkon, wie gezeichnet, genau wie in der Erinnerung, und doch wirklich zum Anfassen da, es stand ganz einfach da in der Luft, doch war alles vorbei, es hatte diese ganze Zeit gegeben mit all dem Stehen zwischen einem selbst und dem Elternhaus und der Wand: und hinter dieser Wand die ganze verlorene Zeit. Hitler und die Nazis, das fühlte er, als sei es seine Schuld, er hatte die Heimat verpaßt, warum war er für sie kein Richtiger gewesen, wie doch alle Menschen sonst? Er war auf dem Rasen vor dem eigenen Haus, das ihm nicht mehr gehörte, einfach fehl am Platz.

Alles war wie vor zehn Jahren, aber wie besetzt und verbraucht, sein gelbes Familienhaus war aufgeteilt, seine Familie wohnte oben, durch die Fenster sah man noch die Birken, sonst war fast alles abgeholzt worden zum Heizen während der »schweren Zeiten«. Auf die »schweren Zeiten« kam man ständig zurück. Zuerst hatte Arthur gedacht, man meine die Hitlerzeit, die doch das absolute Unglück, der Untergang eines zivilisierten Deutschlands gewesen war, als überall Angst herrschte und jeder sofort im nächsten KZ verschwinden konnte. Aber nein, es ging um die Jahre 1945–1948, der Befreiung Europas vom Naziverbrechen. Und gerade die, die in Furcht und Schrecken gelebt hatten, gerade sie waren es, die am meisten von den schweren Jahren schwatzten, als man Kartoffeln von den Feldern stehlen mußte und Kleiderschränke gegen Margarine tauschte und alle Blumenbeete in Gemüsegärten umbaute, als man sich auf dem Schwarzmarkt, den doch jeder trieb, verproviantierte. Die Angestellten nahmen ihre Kartoffeln mit in ihren Aktentaschen und kochten sie im Büro auf dem Spiritusbrenner.

Überall saßen die Flüchtlinge aus dem Osten, aus Pommern, aus Ostpreußen, die in einer einzigen Nacht, im Oktober 1945, ausgewiesen worden waren und in Trecks in den Westen fliehen mußten, millionenweise. An den Haustüren waren manchmal bis zu zehn Türklingeln übereinander angebracht, ganze Familien in einem Zimmer. Davon hörte er überall und zu jeder Gelegenheit, und er stellte sich die Menschen vor, wie sie von den Russen aus ihren Häusern verjagt wurden, und fühlte sich schuldig, es wäre so gut gewesen, er wäre in irgendeinem KZ verschwunden, aber so war er noch eine Portion mehr für die Familie gewesen.

Das wurde ihm auch stets gesagt: »Du, du hast es gut gehabt«, und tatsächlich, er hatte es eigentlich gut gehabt, ihm war nichts passiert, man war gekommen, ihn abzuholen, hatte ihn aber nicht gefunden. Auf dem Bauernhof hatte er reichlich zu essen bekommen, im Internat weniger, aber dafür bekam er es um so öfter mit der Rute. Wem konnte er hier, wo sie alle auf Teppichen standen und von Porzellan mit dem Silberbesteck der Eltern aßen, erzählen, daß er so reich gar nicht war, daß er in einer schäbigen Bude, allerdings mit schöner Aussicht wohne.

Unendlich viele hatten alles, aber auch alles verloren, und er, er hatte doch alles, wurde ihm immer wieder gesagt, so daß er sich tatsächlich fehl am Platze und als Schmarotzer fühlte. Da er doch der jüngere Bruder und der Schwager des Professors war, wurde er hie und da zum Tee eingeladen, auch bei Ausgebombten oder Flüchtlingen, die hatten es alle verstanden, es sich gemütlich zu machen mit dem Aschenbecher auf der Sessellehne und dem Tropfenfänger an der Teekanne. Man nahm ihn zu den Bekannten mit, als den jüngeren Bruder, der lange im Ausland war. Und er sagte nichts, schämte sich, zu den ehemals Bedrohten und Verfolgten zu gehören, hätte er auf der »richtigen«, anderen Seite gestanden, hätte die Familie keine schalen Ausreden erfinden müssen. Diesen Menschen, die nie voneinander getrennt gewesen waren, konnte er nichts erzählen, sie wußten bestimmt nichts von dem die Brust von innen auffressenden Heimweh, das einem den Atem nimmt, unter dem man nur aufheulen kann, so daß einem die Tränen waagerecht aus den Augen schießen, und man von innen ausgeleert ist und bis zum Ende des Lebens ein Aufstoßen in sich trägt. Und so versuchte er an den Gesprächen teilzunehmen und zeigte sich sogar gewandt und bemitleidete all diese armen Deutschen, die doch alle zur Inneren Emigration gehört hatten, die alle ja doch so dagegen gewesen waren, die alle nie etwas gewußt hatten, von nichts gehört hatten und fast hätte er mit ihnen eingestimmt, daß sie es jetzt nicht mehr so gut hätten wie zur Zeit des Führers. Alle diese »betuchten« Deutschen, mit denen er zu tun hatte, wußten, wie die Welt zu laufen hatte. Sie hatten für alles eine Erklärung, immer eine Rechtfertigung.

Sie schienen im voraus zu wissen, was in nächster Sekunde geschehen werde und waren bereit. Sie waren mit Erklärungen voll ausgerüstet. Es mußte alles sinnvoll und bedeutsam sein. Das Sinnlose, nicht sofort Brauchbare war einfach zu beseitigen, das gehörte sich nicht, nichts konnte einfach da sein, zwecklos, es gab immer einen metaphysischen Hintergrund mit, in dunkler Ferne, Burgen, Einweihungen und Tannenwald. Nach und nach verstand er besser, wie in einem Land, wo alles seinen Platz hatte, alles immer irgendwie allem entsprach und alles einen »Sinn« ergab, das Sinnlose oder Unvorhergesehene unbedingt abgeschafft werden konnte und mußte.

Er wurde von einer jüngeren Lehrerin der Oberschule eingeladen, verstand aber nicht, weshalb und sah sich den Bücherschrank an, fuhr mit dem geliehenen Fahrrad durch den lichten Buchenhain wieder zurück.

Man erzählte ihm, wie man noch vor wenigen Monaten amerikanische Rasierklingen gegen Zigaretten tauschte, wie an der Außenseite des Hamburger Hauptbahnhofs Schwarzmarkt betrieben wurde, zwischen den Pfeilern tauschten Familien ihre Möbel gegen Butter, junge Mädchen und Knaben verkauften sich da, paarweise, man wohnte unter Teerpappe, Wachstuch für den Tisch war eine Rarität, bis plötzlich alles mit der »Währungsreform« von 1948 leichter wurde, und jeder es bald sogar zum eigenen Klo brachte. Dabei saß er immer dumm da und mußte von Paris erzählen, obwohl er nur die Straßen und die Denkmäler von außen kannte.

In der Familie nahm er unnötig Platz ein, und für ihn wurden beim Bäcker extra zwei Brötchen mehr bestellt, und von der Butter nahm er immer zu viel. Der Schwager bekam jeden Tag sein Frühstücksei, und er, der Gast, würde es sonntags bekommen. Die tranken ihren Tee in den Familientassen, und mittags aß man vom Familiengeschirr mit silbernem eingravierten »K«, und bei jeder Schüssel oder jedem Schöpflöffel jammerten alle, die GESTAPO habe alles, aber auch alles mitgenommen, es sei doch kaum etwas übriggeblieben, und sowieso hätte der Schwager das alles aufgekauft, um es vor den Nazis zu retten. Er aber erzählte nicht einmal, daß der damalige Dorfpastor ihn, seiner Herkunft wegen, aus dem evangelischen Kindergottesdienst geschmissen hatte.

Bei seiner Ankunft hatte es Hammelkeule gegeben. Der Schwager tranchierte. Es war seit über zehn Jahren das erste Mal, daß er so etwas Köstliches zu essen bekam, eine Luxusspeise, an die er sich all die Jahre erinnerte, die es aber in Internaten und Waisenhäusern natürlich nicht gab. Als kleiner Junge hatte er immer davon den »Bonbon« bekommen, das Ende der Keule, und immer dachte er an den Geschmack und an das sachte, leckere Zergehen im Munde, und das bekam er nun bei den Besiegten, die ganz Europa vorher tyrannisiert hatten, Millionen Unschuldige umgebracht, vergast, ausgerottet hatten, das bekam er im Land, das die größten Verbrechen der Weltgeschichte begangen hatte, das Land Hitlers, das ihn schon als Kind hatte beseitigen wollen, ein Land, dem es doch um die schöne Hitlerzeit leid tat. Das bombardierte, ausgeblutete Deutschland aß Hammelkeule, wogegen das beschädigte, befreite und siegreiche Frankreich noch gerade beim Neustreichen der Ladentüren war, und die Restaurants gerade anfingen, Speisekarten in violetten Buchstaben anzuschlagen, mit Speisen, deren Namen er nicht einmal verstand. In Deutschland blinkten schon überall bei hellichtem Tage die Leuchtreklamen, und die Restaurants hatten schon alle gedruckte Speisekarten vor dem Eingang stehen. In Frankreich waren die Lichter noch spärlich und schwach.

Sofort hatte Arthur beim Eintritt alles wiedererkannt: die weißlackierte Anrichte mit den vergoldeten Einlagen, mit der Glasfensterung auf grünem Grund. Auf halber Höhe stand sie zweibeinig, selbständig auf zwei Säulen nach griechischer Art, wie in den Lexika abgebildet. Als Kind hatte er immer seinen Vater gebeten, ihn hochzuheben, um mit den Fingern die korinthischen Kapitelle berühren zu können. Auf der Kredenz lag anscheinend noch der »gelbe Onkel«, dessen Spitze hervorschaute, wie damals, ein Erschauern überkam ihn bei diesem Anblick, er kannte, wie vielleicht kein andrer sonst, die surrende Musik des Rohrstocks, er wußte alles von ihm, wie er zieht, wie man nach einem Dutzend Hiebe die Sinne vor Schmerzen verliert, und wie man sich danach, wenn alles noch brennt, beinahe nach ihm sehnt, er wollte nicht daran denken, es war seine eigene Schande, die ungemeine Lächerlichkeit, die Schande, an der er verging und die ihn so lebendig gemacht hatte, weil er sonst nichts anderes gehabt hatte, an das er sich halten konnte. Hier aber konnte er sich nicht einmal der eigenen Hand ausliefern.

Ob er in der Familie noch gebraucht wurde? Er fühlte sehr gut, wie man ihn, da er zu viel aß, immer anschaute, um zu wissen, ob er sich das größte Stück nehmen würde, ob er nun doch einmal auf den Nachschlag verzichten würde, ob er sich beim Frühstück nicht zu viel Butter nehme, schon zu Anfang hatte man ihn gefragt, ob ihm des Morgens drei Brötchen genug seien, damit der Bäcker wisse, wie viele er abzuliefern habe, und dabei merkte er, wie alle anderen immer nur zwei Brötchen bekamen: Schwester, Schwager und Neffen, so wurde ihm bedeutet, daß er doch etwas koste.

Im Arbeitszimmer des Schwagers standen die Bücherschränke des Vaters. Der Schwager hatte sich geopfert, um auch sie vor den Nazis zu schützen und hatte sie alle als »Reichsgut« aufgekauft. Er erkannte sie an den Einbänden, sie waren alle da, Goethe in vierzig

Bänden bei Cotta, Schiller, Hebbel, alle Größen der »Klassik«, aber auch Romane von Gustav Freytag und sogar die »kühnen« Stücke von Gerhart Hauptmann. Und während des Aufenthalts beim Schwager blätterte er immer wieder darin, das war immer stürmisch und fand immer ein dunkles Ende. Es gab viele Tugenden gegen viel Böses. Es war immer feierlich und erhaben, immer aus alten Zeiten, zugleich ein wenig wild und hochtrabend, Riesenstücke wie Schillers *Wallenstein*, das mußte »auf der Bühne« Stunden dauern. Obwohl man schon alles wußte, wurde man immer noch belehrt, es war nahrhaft und reichhaltig, das Geld wert, gelacht wurde selten, gelächelt nie. Er fand in der ehemals väterlichen Bibliothek nichts, was ihn von der leisen Angst erlösen könnte, die er empfand, seit er in Deutschland war.

Schön aber waren die Erzählungen aus Norddeutschland, voller Birkenhaine und Buchen, wie junge Leute in niedrigen Häusern mit Strohdächern wohnten, alles war da langsam, und man war sonderbar ergriffen von den weiten Bildern, den hohen Himmelsfluchten über Waldsäumen, wo manchmal auf leeren Straßen Kutschen vorbeifuhren. Wie zufällig war er beim ersten Blick auf eine Novelle von Theodor Storm gestoßen, dem steifen und melancholischen Dichter aus Husum, sie hieß *Wenn die Äpfel reif sind* und erzählt die Geschichte eines vierzehnjährigen Apfeldiebes, der von einem jungen Mann auf einem Baum in dessen Garten überrascht wird, und als der junge Mann dem Knaben droht, er wolle den Wachtmeister benachrichtigen, sagt ihm der Knabe, er solle es ihm mit der Gerte besorgen, wie der Lehrer, der meine, es mache so viel Spaß wie das Reiten.

Zu jeder Gelegenheit also wurde er von sich selbst eingeholt, solche Bilder waren immer bereit in ihm, beim leisesten Hauch, beim Rauschen einer Birke im Wind oder beim Anblick eines Haselbusches, sie nahmen von ihm Besitz, und der Schulddruck auf seiner Brust wurde immer schwerer. Es hätte wenig bedurft, um ihn in irgendein sehr strenges Internat zurückzubringen, sofort wäre er in vertrauter Umgebung gewesen, im Schlafsaal, auf Befehl hätte er das Bußhemd angezogen. Zugleich überkam ihn aber der Ekel vor sich selbst, wie wäre es doch besser gewesen, jeder andere zu sein, als er selbst, er beneidete jeden, daß er nicht er, Arthur, war und schaute die Leute an, mit denen er sprach, um zu erahnen, wie es wohl wäre, ein anderer zu sein.

So brauchte er auch nicht an den Rest zu denken, von dem man schon im Jahre 1949 immer mehr wußte. Er hatte, wie jeder in Europa, die Leichenhaufen gesehen, die mit Baggern in Gräben verscharrt wurden, er hatte auch die Photos der Deutschen gesehen, die unter Aufsicht amerikanischer Soldaten daran vorbeidefilieren mußten, diese Leute hätte er genauso gut kennen können, sie sahen wie jeder andere Mensch auch aus. Und während die Deportierten verhungert waren oder vergast wurden, hatte er beschützt gelebt, da oben in den

Bergen Hoch-Savoyens, es waren Franzosen gewesen, die sich seiner, eines verpissten Hampelmanns, angenommen hatten.

Und nun kam er hier an und dachte an nichts anderes als an seine »bösen Gewohnheiten«, wegen derer er doch die Deportation reichlich verdient hätte, an seiner Stelle waren so viele Unschuldige umgebracht worden, und dabei war er immer noch da, unverändert, unerziehbar, unverbesserlich, trotz der vielen Strafen, trotz des Karzers bei trocken Brot und Wasser, trotz der vielen Hunderte von Linien zum Abschreiben und der Striemen. Ihn hatte es nicht erwischt, die Deutschen hatten sich seinetwegen sogar Mühe gegeben und waren heraufgefahren, um ihn mitzunehmen, hatten unnötig Benzin verbraucht, und dann hatten sie ihn durchgelassen auf dem schmalen Weg, der zum Internat führte, sie hatten nicht ahnen können, daß dieser schlaksige, zu lange Jüngling oben mager, in der Mitte sonderbar entwickelt, als Onanist bekannt war, erwiesenermaßen schuldig und sofort zu inhaftieren gewesen wäre.

Die eigene Schande machte ihm schon genug zu schaffen, als daß er noch an die KZS hätte denken können. Und so, ob er es wollte oder nicht, empfand er sich als Komplize des Geschehenen. Er hätte auch am liebsten so getan, als gehöre er nicht dazu. Hätte ihn jemand, ein wenig kräftig gebaut, danach gefragt: »Sind Sie auch so einer?«, hätte er sofort sein »Nein!« herausgebrüllt und wäre bereit gewesen, den Hosenschlitz zu öffnen: »Bitte, Sie können nachsehen!« Feiger konnte es nicht gehen!

Er radelte durch die Kindheitslandschaften, wie mit einem vor den Kopf genagelten Brett, er sah das alles, aber es ging ihn nichts an, er war ganz fremd in der eigenen Heimat.

An der alten Holzbrücke über die Bille stieg er ab und legte die Hand auf das alte holprige Pflaster, die hatten doch alles mitbekommen und waren dabeigewesen; er sah das alles und wußte, hier hatte er nichts mehr zu suchen. Was ihn wunderte war die Genauigkeit des Gedächtnisses, und daß alles während all dieser Jahre genau so geblieben war, wie es zu seiner Zeit gewesen war. Wie machten es die Dinge denn, daß sie so blieben, wie sie waren? Und was alles an ihnen vorbeigefahren war, Menschen mit Druck auf der Brust, den sie nie loswurden, in denen die Angst stand, die nicht mehr richtig zu Atem kamen, die sich die glücklichen Tage vorbeidefilieren ließen und wußten, daß sie vielleicht bald umkommen würden. Die Landschaft lag da, wie zu allem bereit, in ihr war alles möglich, Köpfen, Aufhängen, Schlagen, es war, als gehörte all das dazu. Davon war aber nichts mehr zu sehen. Es lag ein allgemeines Einverständnis in der Landschaft, sie durfte nicht beschädigt werden, einfach abtun, was nicht dazugehörte, was nicht alteingesessen war. Das Entsetzen hinterläßt keine Spuren, und der ältere Radfahrer, der da gerade mit seiner dunkelblau gefärbten Barrasmütze vorbeifuhr, ihm sah man nichts an von dem, was er erlebt hatte.

Mehrmals war er mit dem Vorortszug nach Hamburg gefahren, in der Hoffnung, man würde ihn vielleicht in Sankt Pauli mitnehmen, irgendein dicker unbehaarter Mann. Überall knatterten die dreirädrigen kleinen »Goliaths« zwischen den Palisaden, den Gemäuern und den Schutthaufen. Deutschland baute wieder auf, man hatte sich die Ruine komfortabel gemacht, und vom Schubkarren zum Wegräumen hatte man es schon zum Laster gebracht, die Baulöwen hatten nun das Wort und verdienten sogar mehr als mit den Konzentrationslagern von gestern.

An den Landungsbrücken hatte er im Windwehen nicht der Bockwurst widerstehen können und hatte sich dazu, mit den vom Patentonkel spendierten 100 DM, eine Hafenrundfahrt, von der er immer geträumt hatte, geleistet; da saßen alle Touristen nebeneinander und sich gegenüber und umfuhren die Riesenflanken der Frachter. Man fuhr in Wellenhöhe, es war, als ob Masten, Werften und Bäume auf dem Wasser wuchsen. Auf der Barkasse gehörten all diese Unbekannten zusammen, sofort hatten sie ihn erkannt, er störte, er war, das sah man ihm an, aus »gutem Hause«, dazu allein, ohne Mädchen, immer wieder sah jemand zu ihm hin, zum Glück wußten sie nichts vom Rest. Man riß Witze, von denen er erriet, daß sie ihm allesamt galten. Er schaute zu den Schiffen hin, sich selbst unbekannt. Er war nicht der Gemeinte. Er war nur sein eigener Begleiter. Zum Glück gab es die Elbe, die Stadt am Rand mit den Türmen und der grünen Kuppel des Elbtunnels, die sich hoben oder senkten je nach dem Schaukeln des Kahns, es gab auch die Hecks, um die man herumfuhr. Hätten die von seiner Herkunft gewußt, sofort hätten sie ihn ins Wasser geschmissen.

Mit den 100 DM des großzügigen Patenonkels hatte er sich Hin und Zurück nach Lübeck spendiert, die backsteinrote Stadt von Thomas Mann, nur das Holstentor und Turmstümpfe waren übriggeblieben aber alles war steif und anständig, verlassen, kalt, und es fuhren würdige Radfahrer in blau getünchten Uniformen mit Radklammern an jedem Bein. Man hörte das Trippeln von Frauen, die vor den Läden abgestiegen waren und die Räder mit Kleiderschutz abstellten. Alles war feierlich und steifschön und wurde wieder wohlhabend.

In Hamburg hatte er noch einen anderen Patenonkel, einen Rechtsanwalt ohne Klientel, ein Kavalier mit Lavallière, der ein Erdgeschoß in einer eleganten Chaussee bewohnte und Arthur mit vermeintlichem Reichtum illusionierte, da waren immer Leute mit Hut und Aktentasche, die ein- und ausgingen, von denen man sich fragte, was sie wohl in der Hitlerzeit gemacht hatten. Was den Onkel selbst betraf, er wäre untergetaucht, vielleicht sogar wäre er ein Mitläufer gewesen, ein Mittäter wie so viele andere. Man hätte ihn aber unvermeidlich als Selbstversorger erkannt, er war doch so einer, an den Haaren hätte man ihn auf die Straße geschleppt. Er gehörte zu den »Salonfähigen«, den Zweideutigen, so unelegant er auch gekleidet war, er konnte niemanden täuschen. Vor allem konnte er sich nirgendwo verstecken, unter den Hecken, das sah man sofort, die Schränke würde man sofort öffnen. Überall bei jeder schönen Menschenjagd stöbert man solche sofort auf. Es gibt doch immer jemanden, der sich fragt, wo sie denn überhaupt hin wollen, und zur Polizei geht. Während er da so ging, suchte er überall nach Unterschlupfen, Trümmerlöchern, in die er hineinkriechen konnte, aber im sich wiederaufbauenden Deutschland gab es kaum noch unbestimmte Stellen, Vernachlässigtes, alles war sauber aufgeräumt, eingeteilt, als ob man trotz der Bombardierungen die Übersicht und die Ordnung nicht verloren hätte, im passenden Moment würde man ihn sofort ausfindig machen und ausliefern. Solche wie ihn reichte man sich von Hand zu Hand.

Es war seltsam, wie all diese langen Körper da im dunklen Korridor ihre Bewegungen ausführten, man konnte nicht anders, als sie sich in der kackbraunen SA-Uniform vorzustellen. Was hatten sie denn nicht alles gesehen, worüber sie sich sorgfältig ausschwiegen? In den Straßen die Fuhren von Deportierten vielleicht, die nach Neuengamme zogen. Die Phosphorbomben, durch die man in der Luft verbrannte und im Wasser ertrank. Die Röhren, alles Metallene war geschmolzen und die Wände heruntergeflossen. Die Gebäude waren nur noch viereckige Schlote, an denen der Backstein durch die Glut glasiert war. In zwanzig Kilometer Entfernung konnte man im Schein der auf Hamburg fallenden Bomben Zeitung lesen. Was nicht von den Bomben zerstört oder beschädigt wurde, war wie das Erdgeschoß des klientellosen Patenonkels von dunkelgrauer fetter Staubschicht bedeckt, man hatte Monate gebraucht, um alles ungefähr sauber zu bekommen.

Der Anwalt war stolz, ein französisches Patenkind zu haben, und zeigte ihn überall herum, und da Kellerlicht sich als Kunstliebhaber und vielleicht Maler in spe ausgab, wurde er vom Paten nach Groß-Hansdorf mitgenommen, zu einem Kunstmaler, der also »draußen« wohnte, in der Natur; es war ziemlich weit von Hamburg, er würde da übernachten. Man fuhr mit der Bahn mitten durch Wiesen bis in eine Vorstadtsiedlung voll weißer moderner Wohnhäuser. Überall waren Wohlstand, Schiebefenster und Garagen, ein Reichtum, den es in Frankreich noch gar nicht gab. Kein Zeichen mehr von Angst, von Sterben, von Denunziation und Konzentrationslagern, keine dieser Kriegsgerüche mehr.

Der Maler bewohnte ein helles Einfamilienhaus mit Glaswand gen Garten, wie in den Luxusillustrierten, mit schweren Möbeln und Wollteppich und ausstaffiertem Atelier mit allem, wie man es in den Katalogen findet: Rollstaffeleien, Paletten, Leinwände gegen die Mauer stapelweise gelehnt, wie es sich für einen Maler gehört, er konnte sich sehen lassen, man dürfe sogar aus dem Ausland kommen, zur Ansicht. Der Maler hieß ihn, sich in einen tiefen Sessel setzen mit bequemen Lehnen. Man sprach über Malerei, aber mit Begeisterung, der Maler sollte merken, er würde seine Zeit nicht verlieren, er hatte es mit einem Kenner zu tun, und Kellerlicht erzählte, daß er gerne Maler wäre: Cézanne, van Gogh, Daubigny, aber auch Nolde und Beckmann, sie defilierten fast alle vorbei, wie auch die Farben Carthamrosa oder Siena. Er war der Einladung würdig, und im Atelier zeigte dann der Maler seine Werke; er war von der Wehrmacht beauftragt worden, erzählte er ganz bedenkenlos, 1942 in der besetzten Ukraine, Bilder von Bauersfrauen zu malen, damit Goldfasane in Eßzimmern mit Beispielen von Untermenschen garniert werden würden, als Beweis und Zeichen der germanischen Überlegenheit, man hatte sie so »primitiv«, wie es nur gehen konnte, ausgesucht, man hatte ihm die vermeintlich Primitivsten ausgewählt, und dabei waren es Porträts voller Würde und Größe.

Kellerlicht stellte ihn sich vor, wie er vor irgendeiner Isba saß, sie sich aussuchte wie ein Pferdehändler, er erzählte das alles, als sei es das Natürlichste der Welt, erinnerte sich der Farben, des Lichts, der Weite dieser seltsamen Gegenden, wo noch das Wasser mit Eimern an langen Stangen geschöpft wurde. Und Kellerlicht, wie eine Art Mitläufer oder passiver Mittäter und Komplize, man hatte ihn doch zum Essen und zum Übernachten eingeladen, konnte unmöglich ungehörige Fragen stellen: Haben Sie niedergebrannte Dörfer gesehen, haben Sie von Hinrichtungen, von Pogromen gehört oder sie vielleicht miterlebt?

Was wußte wohl der Maler, der nur von Frost, bitterer Kälte und schlechter Versorgung an der »Front«

redete oder von Kameraden sprach, die im Winter 1942–43 im Frost eingeschlafen, in wenigen Minuten steinhart geworden waren. Von der systematischen Verwüstung der Ukraine wußte er bestimmt, aber er, Arthur, traute sich nicht, auch nur eine Frage zu stellen, so wurde ihm einmal mehr klar, wie schließlich durch stumme Einwilligung alle Verbrechen möglich werden. Das Wort »Jude« oder »Partisan« oder sogar »Ukrainer« kam kein einziges Mal über die Lippen des Malers, der aber gerne von hinterherhinkenden Bevölkerungen redete.

Man kehrte ins Wohnzimmer zurück, in das gerade der Sohn des Hauses eingetreten war, ein sechzehnjähriger weißhäutiger, ein wenig delikater Junge mit lebendig stechendem Blick, der Kellerlicht nicht aus den Augen ließ. Er war des Älteren begierig, das hörte man an seiner verhalten durchdringenden Stimme. Man sprach wieder über Malerei, über van Gogh und Monet, von den Unterschieden zwischen deutscher und französischer Malerei, letztere viel optischer, naturnäher, wohingegen die deutsche eher seelische Zustände ausdrücke als Formprobleme, es lagen da Kunstbücher, die Arthur durchblätterte, sie verloren sich aber nicht aus den Augen, der Knabe und er, indem er so blätterte kam ihm ein Bild unter die Augen, ihm stockte der Atem, seine plötzliche Erregung war so groß, daß es über ihn wie ein Unwohlsein einbrach, und er trotz der Deckung des Buches die Beine übereinanderschlagen mußte:

Am offenen Fenster sitzt ein Jüngling auf dem Fenstersims mit aufgestütztem Bein, er ist sehr jung, seine Züge sind weich und frisch, Hemd und Weste sind aufgeknöpft, gegen den linken Schenkel hält er die Geige oben an der Schnecke, die Finger leicht, ein wenig tiefer um den Hals des Instruments geschlossen, die er wahrscheinlich ab und zu hinauf- und hinabgleiten läßt, den Bogen, zwischen Daumen und Zeigefinger der anderen Hand, läßt er hängen, so daß dessen Spitze die auf einem schweren Holzstuhl aufgeschlagene Partitur berührt. Der junge Geiger blickt verträumt in unbestimmte Ferne, über Giebel und rote Dächer, über Bäume hinweg, hinter der sich eine leicht hügelige Landschaft öffnet, in die er sich auf lange Reisen fortsehnt.

Das Zimmer ist hell. Vermutlich steht da auch ein Spiegelschrank. Hinter dem Jüngling ist der Ansatz einer Kommode sichtbar, mit einer halb geöffneten Schublade. Ein Buch liegt auf der Platte, man vermutet auch eine Schale mit Obst oder, wer weiß, einen Apfel und ein Messer. Vielleicht hat der Jüngling schon angefangen, diesen mit der Messerspitze auszuhöhlen, vom Stengel abwärts, so aber, daß das Gehäuse erhalten bleibt.

Der Jüngling hat seine Verrichtung unterbrochen, er will sich Zeit lassen, um die schon oft erlebte Erwartung zu steigern, er wird warten, bis es Nacht ist und das ganze Hause schläft. Keiner wird auch nur ahnen, was dann geschehen wird, er will es sich nicht selbst vorstellen, um nicht einer voreiligen Verwirrung zum

Opfer zu fallen, die dann doch nur ein peinlicher, fast lustloser Ausweg gewesen wäre. Wie er da so sitzt, mit leicht gespreizten Beinen, errät man, daß er schüchtern und gefügig, heiter, zugleich sehnsüchtig und erregbar ist. Er läßt seine Gedanken schweifen und weiß bestimmt schon von abendlicher gotthafter Schärfe. Der Jüngling hat mit seinem Körper, mit der Selbstentdeckung zu tun, mit der rätselhaften Verfügung über sich selbst und der gotthaften Schärfe. Er steht vor der Szene, die sich abspielen wird, als Schauspieler und Zuschauer im Selbsttheater. Der Inhalt des Stücks, das er sich vorspielen wird, ist ihm zugleich vertraut und unbestimmt, er weiß davon nur das, was er zuläßt, alles andere ist ihm noch verborgen. Er ist nicht ganz in Besitz seiner selbst und wird es auch wohl nie sein, denn jedesmal wird er in einen nie zuvor erlebten, immer neuen und einzigartigen Taumel versetzt werden, von dem er, überwältigt, erfährt, daß er eine alles übertreffende Macht in sich trägt.

In Wirklichkeit aber hat er es immer schon gewußt, davon darf er aber nicht erzählen, das kann ihm keiner nehmen, wie er mit dem Apfel spielt, ihn hin und her dreht, wie er sich selbst warten läßt, wie er immer besser um sich selbst weiß, bis er einmal mehr von sich selbst das große Wunder erlebt.

In aller Unschuld wahrscheinlich hat Otto Scholderer 1861 dieses Bild gemalt, dabei mag er sich vielleicht nichts weiter gedacht haben, dennoch ist Unterschwelliges vorhanden, so daß man fast nur das sieht, was eben nicht dargestellt ist. Das ist einer der heute völlig vergessenen Aspekte der Biedermeier-Malerei aus der Zeit vor der Kunstrevolution des ausgehenden 19. Jahrhunderts und besonders der Szenenmalerei dieser Zeit, daß man alles andere sehen konnte als das, was offensichtlich gemeint war.

Dann aß man zu Abend: Aufschnitt, was bei der Schwester scheibenweise berechnet wurde, gab es hier in Hülle und Fülle, seit vierzehn Tagen war er bei den »Seinigen« und hatte noch nie richtig seinen steten Heißhunger stillen können; es wurde an Nahrung gespart, um den Pastoren, die zu Besuch kamen, teuren gepanschten Wein auftischen zu können, damit man die verdammte Herkunft verzeihe. Man setzte ihn neben den Knaben, der ihn unter dem Tisch leise ans Bein stieß. Als sie dann schlafen gingen, drückte ihm der Jüngere die Hand und zwinkerte ihm zu, später sah er, daß der Junge seine Tür nur angelehnt hatte, das Spiel war aber zu gefährlich, als daß Kellerlicht der Versuchung nicht widerstanden hätte: Verhör, Verhaftung, er sah sich der deutschen Polizei ausgeliefert, alles wäre für immer aus. Er legte sich hin, fand aber nicht sofort Schlaf, traute sich nicht einmal, sich den Jüngling vorzustellen, wie er sich selbst gerade hingab. Er durfte so etwas nicht denken. Das Lasterhafte war in ihm, am liebsten hätte er sich den dicken Männern in Sankt Pauli ausgeliefert, aber sie hätten ihn sofort erkannt und ihn beseitigt, wie es sich doch gehörte.

Auf einmal, wenige Tage vor der Rückkehr nach Frankreich, überkam ihn das Heimweh derart, daß er vor Verzweiflung aufheulte und das Gras ausriß, schon lange hatte er nicht mehr so geweint, es war zehn Jahre später, die Trennung für immer, eine Rückkehr gab es nicht, unwiederbringlich. Auch war er nicht für dieses Land geschaffen, er hätte immer etwas »sollen« müssen, es gab überall Verpflichtungen, sogar beim Radfahren. Alles ging gut, so lange es keiner wußte, aber mit seiner Herkunft im Hintergrund wurde alles unsicher, es war doch schließlich ein Land, wo Beseitigung etwas Natürliches war, und wer weiß, ob er nicht auch die Beseitigung des »Unschönen« für richtig gehalten hätte, wäre er anders geboren. Es lag damals, 1949, etwas Kaltes über Deutschland, etwas Sauberes und Anständiges, nichts war ihm wirklich vertraut, wogegen er in Frankreich sofort alles erriet, wo es leichter, freundlicher und besonders überraschend war, es kam meistens, wie man es nicht erwartete, in Deutschland ahnte man im voraus schon immer, wie es werden würde. Man lebte eigentlich ohne Ironie, alles schien vorbereitet, als seien die Züge mehr zum Einsteigen gemacht, als zum Angeschautwerden; es funktionierte alles eigentlich perfekt, und Zuflucht fand er nur in der wunderschönen Landschaft Schleswig-Holsteins, wenn niemand dabei war, denn sonst hätte er sich sofort rechtfertigen müssen, er hätte Falsches gesagt, und wer weiß, ob man nicht die Polizei gerufen hätte, damit er erkläre, was für einer er überhaupt sei.

Doch leuchteten die hohen Stämme der Buchen im Abendlicht so grün, am Fuße der Bäume hörte man leise das Plätschern des Plöner Sees, und doch stand irgendwie die Angst hinter der Herrlichkeit, unsichtbar, aber doch sofort zum Einschreiten bereit. Es war, als ob die Gefahr nicht gebändigt sei, überall auf der Lauer lag, es konnte einfach ohne Grund hervorbrechen, Wucht gab es und Fäuste zum Niederschlagen in Reih und Glied. Sein Land war es nicht mehr, dazu war es zu spät, alles, was ihn doch so tief und innig mit ihm verbunden hatte, war nun für immer vorbei. Die Wunde des Landes konnte nicht verheilen, auch wollte ihn die Familie nicht mehr. Das beste war, ihn möglichst rasch loszuwerden. Er stieg wieder in den Zug nach Paris, schweren, aber doch befreiten Herzens, nicht ohne auf den Bahnsteig gegangen zu sein, an dem er 1938 die Heimat für immer verlassen mußte, der Herkunft wegen, es war der letzte ganz am Rand.

In seinem Koffer ein überzähliger, abgenutzter Familien-Goethe, den man ihm mitgegeben hatte. Germanitätsbewaffnet und ausstaffiert, kehrte er ins Waisenhaus zurück, in seine Bude unter dem Dach, aus dem feierlichen, von Gewittern umschlungenen Deutschland, denn die ganz Zeit da oben hatte er höldernisiert, zwei-, dreiseitige Oden geschrieben, deren Wiegen und Dröhnen ihn bis zum Unbegrenzten gebracht hatten, ein Deutschland der großen Begeisterung und der Wucht, wie man sie aus Beethovens Fünfter heraushört, wie sie aus den Lautsprechern der Konzentrationslager klang.

Im schäbigen, langen Grenzbahnhof Jeumont, an dem die Farben abblätterten, fühlte er sich zu Hause, die Passanten waren nicht so schick angezogen, alles war abgenutzt, alt, nicht im besten Zustand, unmodern und vertraut, man war unter sich und wurde nicht so von oben angeschaut, da alles noch ein wenig ärmlich war im Frankreich der Nachkriegszeit. Das Abgeschabte, ein wenig Wackelige war beruhigend. In Deutschland war alles immer nagelneu gewesen, das imponierte. Ihm aber sah man doch sofort die Armut an, die keinem in Frankreich auffiel.

In Paris konnte man untergehen, sich verstecken, man fiel nicht auf. Er war kurz nach seiner Rückkehr auf eine Broschüre der Lehrerversicherung gestoßen, für öffentliche Gymnasien, sie stellte eine Familie eines Volksschullehrers dar, dem es gutging, er hatte Schlafzimmer und Eßzimmer und war gerade dabei, ein Auto zu erwerben. Ein bescheidener, aber sicherer Komfort. Es war eine anspruchslose Welt, die zu etwas gut war, Bürger ausbildete, und da würde er nicht immer gezwungen sein, seinen Doktortitel, den er nicht hatte, vorzuzeigen.

Dann gab es auch die Landschaft, die langen Pappelreihen, die blauschimmernden Dächer des Vexin und das Licht mit den hochtrabenden Wolken, es war eine alte, so sanft vom Menschen gestaltete Umgebung, in der alles zueinander gehörte. Er wußte nun, er würde nie Maler werden, dazu hatte er nicht das nötige Geld, und andere mit seinem Genie auszubeuten, erschien ihm zu grotesk und kleinlich. Künstler auf Pump!, da hatten die Österreicher schon recht. Ohne Mühe könnte er bestimmt Hilfslehrer in einer Provinzstadt werden, vielleicht mit einer Kammer im Gymnasium, er hätte zu essen und Ruhe und würde sich jedes Jahr auch noch einen guten Anzug kaufen können. Er hatte stets Angst, unter irgendeiner Brücke als Clochard zu verkommen, wie diese vielen Käuze, die er so gut gekannt hatte, die lebenslang Aufseher oder Pedell gewesen waren in alten Schulen mit feuchten, grau bemalten Wänden, die sich jahrzehntelang »durchgeschlagen« hatten, die man auf den ersten Blick sofort an ihren ein wenig abgetragenen Kragen und den ausgebeulten Jakken erkannte, die in kahlen Räumen lebten, in denen eine nackte Birne am Draht hing. Man behandelte sie immer ein wenig von oben herab und zeigte ihnen, man sei arriviert. Vielleicht konnte er immerhin Diener in einem großen Haus sein, von seiner Ehrlichkeit war man auf den ersten Blick überzeugt, ganz oben würde er seine Dachkammer haben mit einem Kleiderschrank und Spiegeltür.

Der Schauer des Abscheus durchlief ihn: Nie dürfte er ein solcher Sonderling, eine verlorene Seele werden. Er brauchte auf jeden Fall sauberes Zeug und eine Stehlampe und ein stilles Zimmer, wo er vielleicht sogar »dichten« konnte, nach seinem Tod findet man Manuskripte, die Goethe und Hölderlin oder Baudelaire und Rimbaud weit überflügeln würden.

Wenige Ereignisse des Alltags, einige Gelegenheiten oder Zufälle, andere Straßen oder Wege, die man so gut nicht hätte gehen können, eine Reihe von kleinen unterbrochenen Gesten, die auch anders hätten ausfallen können, von vergessenen Gegenständen, von verpaßten oder eben nicht verpaßten Zügen, von erhaltenen Briefen oder beruflichen Vorschlägen, die einem gemacht werden, und schon steht man an einem langen Tisch aus Eichenholz mit anderen zusammen, unter ihnen eine ganz junge Frau, fast noch ein Mädchen, im grünen Mantel mit großen, grünen Knöpfen, obgleich man sie zum ersten Mal zu Gesicht bekommt, erkennt man sie sofort, sie ist es, ganz einfach, sie hat man seit jeher gekannt, von ihr weiß man alles, obgleich man doch nichts von ihr kennt und sie zum ersten Mal sieht. Der ein wenig schüchternen Einladung zu einem Museumsbesuch folgt sie sofort, ohne weiteres, von Händedruck zu Händedruck, von Küßchen zu Küßchen kommt es rasch zum innigen Schmusen und zur Erkenntnis, und nun hatten Arthur und das Mädchen Zeit zum Erkunden der Vergangenheit, die sie zueinanderbrachte. Der junge Mann entdeckte, daß es auch anders zu machen war als mit erträumten Inszenierungen. Sie heirateten bei Regenwetter im Frühling, wurden sehr glücklich und bekamen Kinder.